guia prático do português correto vol. 1

para gostar de aprender

ORTOGRAFIA

- O EMPREGO DAS LETRAS
- ACENTOS E SINAIS
- HÍFEN
- COMO SE DIZ

Livros do autor publicados pela **L&PM** EDITORES:

100 lições para viver melhor – histórias da Grécia Antiga
A guerra de Troia – uma saga de heróis e deuses
Guia prático do Português correto – vol. 1 – Ortografia
Guia prático do Português correto – vol. 2 – Morfologia
Guia prático do Português correto – vol. 3 – Sintaxe
Guia prático do Português correto – vol. 4 – Pontuação
Noites gregas – histórias, mitos e encantos do Mundo
   Antigo
O prazer das palavras – vol. 1
O prazer das palavras – vol. 2
O prazer das palavras – vol. 3
Um rio que vem da Grécia – crônicas do Mundo Antigo

CLÁUDIO MORENO

guia prático do português correto vol. 1

para gostar de aprender

ORTOGRAFIA

- O EMPREGO DAS LETRAS
- ACENTOS E SINAIS
- HÍFEN
- COMO SE DIZ

www.lpm.com.br

Coleção **L&PM** POCKET, vol. 336

Texto de acordo com a nova ortografia.

Primeira edição na Coleção **L&PM** POCKET: outubro de 2003
Esta reimpressão: agosto de 2019

Projeto gráfico e capa: Ana Cláudia Gruszynski
Revisão: Bianca Pasqualini, Jó Saldanha e Patrícia Yurgel
Revisão final: Cláudio Moreno

ISBN 978-85-254-1317-8

M843g   Moreno, Cláudio
        Guia prático do Português correto, volume 1: ortografia/
    Cláudio Moreno. – Porto Alegre: L&PM, 2019.
        224 p. ; 18 cm. – (Coleção L&PM POCKET, v. 336)

        1.Português-ortografia. I.Título. II.Série.

CDU 801.3=690(035)

Catalogação elaborada por Izabel A. Merlo, CRB 10/329.

© Cláudio Moreno, 2004
e-mail do autor: cmoreno.br@gmail.com

Todos os direitos desta edição reservados a L&PM Editores
Rua Comendador Coruja, 314, loja 9 – Floresta – 90.220-180
Porto Alegre – RS – Brasil / Fone: 51.3225.5777

Pedidos & Depto. Comercial: vendas@lpm.com.br
Fale conosco: info@lpm.com.br
www.lpm.com.br

Impresso no Brasil
Inverno de 2019

*À memória de Joaquim Moreno, meu pai, e de
Celso Pedro Luft, mestre e amigo.*

Sumário

Advertência 12

Apresentação 13

Por que escrevemos desta maneira e não de outra? 15

1. Como se escreve: emprego das letras 29

-eano ou **-iano**? 31
radicais evoluídos e radicais reconstituídos:
    erva, herbívoro 34
grafia de nomes próprios: **Manoela** ou **Manuela**? 35
Isabela – com **S** 37
M antes de **P** e de **B** 39
o nome do **Y** e do **W** 40
quando usar **K**, **W** e **Y** 42
usando o **J**, o **Ç** e o **X** 44
o nome das letras 46
shopping, xópin 47
viajem ou **viagem**? 49
úmido, umedecido 50
talibã, talebã, taliban ou **taleban** 51
treis e **hum** no cheque 54
um mil 55
estado ou **Estado**.. 56
minúsculas com nomes geográficos 58

maiúscula após dois-pontos?............................... 59
maiúsculas nos nomes de aves 62

Curtas..64

Jorge ou **George?** 64
muçarela, mozarela 65
estorno ou **extorno?**... 65
garage ou **garagem?** 66
concertar ou **consertar?** 66
torácico 67
marketing 67
casa, bazar... 68
-ção e **-ssão** 69
maiúsculas em compostos.................................... 70
maiúsculas religiosas... 70
Deus e as maiúsculas 71
meses com minúsculas 72
pus 72

2. Como se escreve:
acentos e sinais 75

item, itens... 85
acentuação das paroxítonas 88
qual a regra mais difícil de pegar 91
acento em nomes próprios.................................... 92
acento em verbo com pronome 94
coco e **cocô**... 95
fluido ou **fluído** 99
câmpus e outras expressões latinas
　　aportuguesadas... 101
fôrma, forma, forminha:
　　os acentos nos diminutivos............................ 103
quê? 105
grafia do nome **Júlia**... 107

o trema não vai fazer falta? 108
pôr (verbo) 109
Guaíra ou **Guaira?** 110
tem e **têm**, **vem** e **vêm**, **lê** e **leem** 112
para ou **pra?** 115

Curtas 116

acentuação dos monossílabos 116
ideia e **idéia** 117
mini ou **míni?** 117
patrimônio ou **património?** 118
reúso 119
súper 119
acentos em abreviações 120
Edu 120
Dário ou **Dario?** 121
Célia ou **Celia?** 121
construí-lo 122
Leo x **Léu** 122
til, tis 123
água 123
acentuação com maiúsculas 124
til duas vezes? 124
hiato em **juíza** 125
qual a regra de **item?** 125
acentos com **-mente** 126
somente 127

3. Como se escreve:
hífen e assemelhados 129

sócio-econômico 131
bem-vindo 134
junto ou separado? 135
mato-grossense 138
o **não** como prefixo 139

palavras que perderam a noção de composição .. 143
para-choque, para-brisa, para-lama 145
locução x vocábulo composto 147
derrepente? 152
adjetivos pátrios ou gentílicos 153
bem-estar 155
o hífen depois do **Acordo** 156
pronto-socorro ou **prontossocorro?** 157
minissalada 158
ecossustentabilidade? 159
minissaia e **microrregião** 160
Beira-Rio ou **Beirarrio?** 161
repetição do hífen na translineação 162
hífen ou travessão 166
regulamentação do hífen 169
ultrassom 170
micro-hábitat? 172
alto-falante ou **auto-falante?** 173
por isso ou **porisso?** 175
demais e **de mais** 176
detrás, de trás 179

Curtas 180

extracurricular 180
compostos com **hemi-** 181
hífen com **macro-** 181
seminovos 182
subobjeto 182
georreferenciamento 183
subchefe 183
bem-vinda 184
semi- e **multi-** 184
pentacampeão 185
soroteste 186
minirreforma 186

ante-sala	187
megassena	187

4. Como se diz 189

pronúncia dos encontros consonantais	192
optar, **indignar**	194
recorde	195
micrômetro	196
nokia, **nókia**	198
O aberto ou fechado?	199
parámos	201
Pasárgada	202
pronúncia de **BMW**	204
a pronúncia do **X**	206
/**fécha**/ ou /**fêcha**/?	207
xerox	208
transar, **obséquio** e **subsídio**	212
os sons do **X**	214
pronúncia de **Roraima**	216

Curtas 218

outrem	218
pronúncia de **ruim**	219
pronúncia de **persuasão**	220
mas, **mais**	220
alfabeto fonético	221
Sobre o autor	222

Advertência

Caro leitor:

Esta é uma edição completamente reformulada do 1º volume do *Guia prático do Português correto*. Além de acrescentar vários artigos para explicar o novo Acordo, modifiquei todos os demais para adequá-los às novas regras de nossa ortografia.

Professor Cláudio Moreno

Apresentação

Cláudio Moreno

Este livro é a narrativa de minha volta para casa – ou, ao menos, para essa casa especial que é a língua que falamos. Assim como, muito tempo depois, voltamos a visitar o lar em que passamos nossos primeiros anos – agora mais velhos e mais sábios –, trato de revisitar aquelas regras que aprendi quando pequeno, na escola, com todos aqueles detalhes que nem eu nem meus professores entendíamos muito bem.

Quando, há quase dez anos, criei minha página sobre o Português (www.sualingua.com.br), percebi, com surpresa, que os leitores que me escrevem continuam a ter as mesmas dúvidas e hesitações que eu tinha quando saí do colégio nos turbulentos anos 60. As perguntas que me fazem são as mesmas que eu fazia, quando ainda não tinha toda esta experiência e formação que acumulei ao longo de trinta anos, que me permitem enxergar bem mais claro o desenho da delicada tapeçaria que é a Língua Portuguesa. Por isso, quando respondo a um leitor, faço-o com prazer e entusiasmo, pois sinto que, no fundo, estou respondendo a mim mesmo, àquele jovem idealista e cheio de interrogações que resolveu dedicar sua vida ao estudo do idioma.

Por essa mesma razão, este livro, da primeira à última linha, foi escrito no tom de quem conversa com alguém que gosta de sua língua e está interessado em entendê-la. Este interlocutor é você, meu caro leitor, e também todos aqueles que enviaram as perguntas que compõem este volume, reproduzidas na íntegra para dar mais sentido às respostas. Cada unidade está dividida em três níveis: primeiro, vem uma explicação dos princípios mais gerais que você deve conhecer para aproveitar melhor a leitura; em seguida, as perguntas mais significativas, com discussão detalhada; finalmente, uma série de perguntas curtas, pontuais, acompanhadas da respectiva resposta.

Devido à extensão do material, decidimos dividi-lo em quatro volumes. O primeiro reúne questões sobre **Ortografia** (emprego das letras, acentuação, emprego do hífen e pronúncia correta). O segundo, questões sobre **Morfologia** (flexão dos substantivos e adjetivos, conjugação verbal, formação de novas palavras). O terceiro, questões sobre **Sintaxe** (regência, concordância, crase, etc.). O quarto, finalmente, será totalmente dedicado à **Pontuação**.

Sempre que, para fins de análise ou de comparação, foi preciso escrever uma forma **errada**, ela foi antecedida de um **asterisco**, segundo a praxe de todos os modernos trabalhos em Linguística (por exemplo, "o dicionário registra **obcecado**, e não *****obscecado** ou *****obsecado**"). O que vier indicado entre duas barras inclinadas refere-se exclusivamente à pronúncia e não pode ser considerado como uma indicação da forma correta de grafia (por exemplo: **afta** vira, na fala, /**á-fi-ta**/).

2003-2009

Por que escrevemos desta maneira e não de outra?

 O Português tem uma ortografia muito difícil?

Ao contrário do que muita gente pensa, nossa ortografia até que não é das piores; mais simples do que a nossa, das línguas irmãs e vizinhas, só mesmo a do Espanhol. A do Francês é aquele mistério cheio de letras mudas; por exemplo, *ver* (verme), *vert* (verde), *verre* (vidro; copo) e *vers* (em direção a), apesar das diferenças de grafia, são **homófonos perfeitos**, isto é, são pronunciados exatamente da mesma forma (/vér/). A ortografia do Inglês (que muitos ingênuos pensam ser mais fácil do que a nossa, só porque não tem acentos...) é um horror até para os franceses: a pronúncia da sequência [ough] em *bough* (ramo), *cough* (tosse) e *trough* (através) é completamente diferente: /bou/, /cóf/ e /thru/. ***Lives*** pode ser lido /livs/ (ele vive) ou /laivz/ (vidas). A sequência [ey] soa como /i/ em *key* (chave), mas como /êi/ em *they* (eles); [oes] é lido como /us/ em *shoes* (sapatos), mas como

/ous/ em *goes*. A primeira sílaba de *giraffe* (girafa) é lida como /ji/; a de *gift* (presente), como /gui/. E assim por diante. Enquanto eles escrevem *typography*, *pharmacy*, *theater*, *psychology*, nós, a partir do Acordo de 1943, passamos para **tipografia**, **farmácia**, **teatro**, **psicologia**. O nosso modo de escrever é mais simples porque é mais jovem, apropriado para um país como o nosso, que vive uma eterna juventude.

 Quem determinou que você deve escrever desta ou daquela maneira?

O Português nem sempre foi escrito assim como o fazemos hoje; desde os primeiros documentos do século XIII, foi um longo caminho até chegar ao ponto em que nos encontramos. Até o início do século XX – mais precisamente, até o início da Segunda Guerra Mundial – coabitavam, no Brasil, vários sistemas ortográficos; entre eles, os de maior destaque eram o **fonético**, o **etimológico** e, como não poderia deixar de ser, o **misto**. Cada brasileiro escolhia qual deles preferia seguir, o que gerava, como se pode imaginar, um pandemônio ortográfico indescritível, com perversas repercussões no mundo escolar: qual dos sistemas a ser ensinado? Como evitar os evidentes prejuízos para o aluno que tinha de trocar de escola e, consequentemente, de sistema?

Com Getúlio Vargas, nosso benévolo ditador tropical, tudo ficou mais simples, já que o projeto de uma ortografia unificada passou a fazer parte do seu plano de modernização nacional, juntamente com a consolidação das leis trabalhistas (a C.L.T.). Como naquela época a Linguística ainda não tinha assumido o seu papel de verdadeira ciência, criou-se uma comissão com os especialistas do momento – gramáticos de renome e membros da Academia Brasileira de Letras –, com a tarefa de criar um sistema ortográfico simplificado, que fosse utilizado em todo o território nacional. Esse grupo de notáveis fez o que podia com os recursos de que dispunha. É claro que hoje podemos enxergar vários defeitos no seu projeto, mas isso é natural; primeiro, porque nenhuma ciência humana avançou tanto quanto a Linguística, nos últimos cinquenta anos; segundo, porque, à semelhança de um novo modelo de automóvel, os problemas que não foram visíveis na prancheta terminaram aparecendo depois de meio século de uso. No entanto, o balanço final era positivo, e, na maioria dos casos, a lógica e a coerência eram mantidas.

O único defeito sério do modelo de 1943 eram os acentos diferenciais, criados por puro excesso de zelo. Mais uma vez se comprovava que de boas intenções o inferno está cheio... **Sêde** tinha acento para distinguir de **sede**; **almôço**, para distinguir de **almoço**, etc. –

mais de quatrocentos pares semelhantes, numa lista que precisava ser guardada na memória; quem escreveu durante a vigência desta regra conhece muito bem o pesadelo em que ela se tornou. Diante do clamor generalizado, a Academia, em 1971, editou uma pequena reforma (na verdade, apenas um retoque) que eliminou o famigerado circunflexo diferencial. A meu ver, tínhamos chegado a um modelo sólido e estável, apesar das pequenas imperfeições: o Acordo de 1943 tinha padronizado nossa grafia, o de 1971 tinha corrigido o que precisava ser corrigido. Infelizmente, as bruxas cozinhavam, no seu caldeirão de feitiços, um novo monstrengo que viria assombrar a vida do pacato cidadão: o Acordo Ortográfico de 1990, que entrou em vigor no memorável ano de 2009.

1943 [1945]* padronização

Promovida por Getúlio Vargas, foi nossa primeira reforma oficial. Seu intuito era **simplificar** e **padronizar** a ortografia em todo o território nacional. Eliminou velharias como o **ph**, o **th**, o **h** interno, o **m** duplo, entre outras. Ainda é a base do atual sistema.

1971 retificação

Veio corrigir os defeitos do modelo de 1943, identificados após quase trinta anos de uso. Suprimiu o acento SUBTÔNICO (**cafèzinho**, **ràpidamente**, **cômodamente**) e o acento DIFERENCIAL — o circunflexo usado para assinalar o E e o O fechados em pares como **almôço: almoço, gêlo: gelo, sêde: sede, pôrto: porto**, etc.

1990 unificação

Segundo seus defensores, veio para, finalmente, unificar a grafia usada em todos os países lusófonos. No Brasil, pouca coisa mudou no modelo de 1943, além da eliminação do trema, da supressão de alguns acentos pouco expressivos e da reformulação das regras do hífen. Não há alteração alguma no emprego das letras. Em Portugal e nos países sob sua área de influência, a mudança atinge também as consoantes não-pronunciadas.

---

* Em **1945**, entrou em vigor um novo Acordo, diferente em vários pontos do modelo de **1943**. No entanto, naquele mesmo ano, o Brasil, embora tivesse assinado e ratificado essa reforma, recuou e voltou, unilateralmente, ao modelo anterior. A partir daquela data, portanto, passaram a viger dois sistemas paralelos de grafia: do lado de lá do Atlântico, o Acordo de 1945; do lado de cá, o Acordo de 1943. O Acordo de 1990 – ao menos teoricamente – veio pôr um fim a essa divergência.

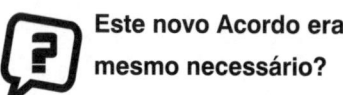 **Este novo Acordo era mesmo necessário?**

Não. Ele nasceu por volta de 1980, objeto de um movimento messiânico que se empenhava numa utópica "unificação" da ortografia da Língua Portuguesa. Sua meta declarada era diminuir ao máximo as diferenças de grafia entre os países lusófonos, cobrando de cada país signatário uma determinada taxa de sacrifício. O Brasil cederia aqui, Portugal cederia lá, os países africanos cederiam acolá – e pronto: teríamos uma forma única de grafar cada palavra de nosso idioma! As vantagens? Segundo os "acordistas", seriam inúmeras: uma vez unificado, o Português poderia se elevar finalmente ao patamar iluminado em que vivem as grandes línguas internacionais; a ONU incluiria nosso idioma como uma de suas línguas oficiais; o ensino do Português seria simplificado, facilitando o combate ao analfabetismo; abrir-se-ia um mercado editorial mais amplo e homogêneo, favorecendo os autores de todos os países participantes – e assim por diante. Embrulhado com papel e fita tão brilhantes, o **Acordo** terminou sendo aprovado por uma coligação de "políticos estultos e acadêmicos espertalhões", como bem disse um jornalista brasileiro.

Ora, como já se pôde ver no primeiro ano de vigência das novas regras, todas essas promessas viraram fumaça, pois se baseavam numa unificação que simplesmente não vai ocorrer. Além das óbvias diferenças lexicais que existem e sempre existirão entre os vários países lusófonos, o próprio texto do **Acordo** admite uma série de "facultatividades", permitindo que hábitos ortográficos locais sejam mantidos – isto é, permitindo que se mantenham diferenças na maneira de grafar a mesma palavra.

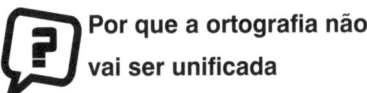
Por que a ortografia não vai ser unificada

Embora pareça absurdo, o próprio texto do **Acordo** que foi aprovado fulmina qualquer esperança de unificação. Vejamos um exemplo: **antes** do **Acordo**, escrevia-se assim em Portugal:

> "Como **noticiámos** ontem, o **facto** mais pitoresco da semana foi o **bebé** raptado pela **hospedeira** da Air France. Depois da **descolagem**, a torre de **controlo**, avisada por telefonema **anónimo**, obrigou o piloto a fazer uma **aterragem** forçada".

No Brasil, o mesmo texto seria escrito assim:

> "Como **noticiamos** ontem, o **fato** mais pitoresco da semana foi o **bebê** raptado pela **aeromoça** da Air France. Depois da **decolagem**, a torre de **controle**, avisada por telefonema **anônimo**, obrigou o piloto a fazer uma **aterrissagem** forçada".

São **oito** divergências em tão poucas linhas! Felizmente, foi promulgado o **Acordo**, e agora... – pois agora, meu caro leitor, fique sabendo que os dois textos acima continuam a ser escritos da mesmíssima forma, com as mesmas oito divergências de antes da reforma! Enquanto o leitor esfrega os olhos, para certificar-se de que não está sonhando, vou explicar o que houve.

Para maior comodidade de explanação, vamos dividir essas diferenças em três grupos. Em primeiro lugar vêm as diferenças **morfológicas**: **descolagem** (decolagem), **controlo** (controle) e **aterragem** (aterrissagem) são variantes permitidas na estrutura do nosso léxico, da mesma forma que, entre muitos outros, **patinagem** (patinação), **equipa** (equipe), **camião** (caminhão), **chuto** (chute), **aguarela** (aquarela), **altifalante** (alto-falante), **canadiano** (canadense), **bolseiro** (bolsista), **transplantação** (transplante), **fumar** (defumar; um brasileiro ficaria perplexo se ouvisse que "Os índios costumavam fumar o peixe que pescavam"...). As escolhas feitas por Portugal já estão consolidadas, da mesma forma que as nossas, que coloquei entre parênteses – e não serão alcançadas por uma simples reforma ortográfica, a qual, como muita gente esquece, só pode regular o emprego das letras, dos acentos e dos sinais.

Em segundo lugar, vêm as diferenças **lexicais**. Assim como **hospedeira de bordo** e **aeromoça**, existem centenas de outros casos em que os dois países adotaram palavras diferentes para denominar a mesma coisa. Exemplos bem significativos, porque extraídos do quotidiano, são **talho** (açougue), **claque** (torcida), **jante** (aro de roda), **travão** (freio), **biberão** (mamadeira), **tablier** (painel do automóvel), **mãos-livres** (viva-voz), **barbatana** (pé-de-pato), **berma** (acostamento), **penso higiénico** (absorvente íntimo), **penso rápido** (bandeide), **ecrã** (tela de TV ou de cinema), **agrafador** (grampeador). Nossos irmãos do outro lado do Atlântico **afagam** o cimento do piso (aqui, "alisam" ou "nivelam") e assistem a retrospectivas de filmes dos impagáveis **Bucha** e **Estica** – para nós, o **Gordo** e o **Magro**.

Em terceiro lugar vêm as diferenças **ortográficas**: **noticiámos** (noticiamos), **facto** (fato), **bebé** (bebê) e **anónimo** (anônimo). Pois não é que o texto do **Acordo**, adotando uma espantosa e inexplicável atitude salomônica, permite que cada país conserve muitos de seus hábitos particulares, sem mudar um níquel? Portugal continuará a marcar com acento agudo a 1ª pessoa do plural do pretérito perfeito (**noticiámos**, **amámos**, **encontrámos**), como sempre fez. O timbre do /e/ e do /o/ tônico das oxítonas ficará, como sempre, a critério do falante: **bebé** (bebê), **bidé** (bidê), **caraté** (caratê), **guiché** (guichê), **cocó** (cocô – os portuguesinhos fazem **cocó** na fralda). O "c" de **facto** vai continuar ali onde está, pois o léxico dos portugueses distingue entre o **facto** (fato, acontecimento) e o **fato**, que significa "traje" (na verdade, o pai da nossa **fatiota**). Por fim, o timbre das vogais tônicas /e/ e /o/ (sempre elas!) das proparoxítonas também fica à vontade do freguês: **anónimo** (anônimo), **efémero** (efêmero), **António** (Antônio), **fenómeno** (fenômeno).

Por que, então, insistir em fazer reformas?

A recente reforma não precisava ter acontecido. O pouco que foi mudado não vale o custo de mudá-lo. Nossa ortografia deveria ser deixada em paz por várias gerações, tempo suficiente para sedimentar e consolidar-se. Alterações na ortografia têm consequências ainda mais profundas do que, por exemplo, a troca de moeda (a que já estamos acostumados); seu impacto no sistema educacional e na renovação de todo o material impresso de um país do tamanho do nosso é incalculável. Os países avançados (e ricos) não se preocupam em "reformar" sua ortografia, por mais anacrônica que ela seja; seus cidadãos convivem com as dificuldades do sistema, e dele se queixam tanto quanto nós – mas consideram, muito adequadamente, que grafar corretamente as palavras se trata de uma opção pessoal do indivíduo, o qual, se julgar isso importante, vai dedicar ao problema todo o esforço e a atenção necessários.

O Brasil, no entanto, adora essa ideia de "reforma". Primeiro, por causa de nossa herança portuguesa, temos uma verdadeira veneração pela lei, pela norma, pelo regulamento, pela portaria; adoramos esses documentos que nos dizem exatamente o que fazer (e que, evidentemente, também adoramos desrespeitar), e por isso criamos a curiosa figura (os estrangeiros ficam de boca aberta, quando falamos nisso!) de uma "**lei ortográfica**", de uma "**ortografia oficial**", que permite aos poucos iluminados uma ilusória superioridade de apontar o dedo acusador para os demais e bradar "está errado!". A Espanha e a França não têm uma "lei"; a forma de escrever é comandada por suas respectivas academias, que fixam o que seria o **padrão culto**, embora, também como aqui, a pouca expressividade cultural dos acadêmicos não inspire muito respeito nas suas recomendações. No caso do Espanhol, acresça-se a inevitável revolta dos países latino-americanos contra a tentativa da metrópole de monopolizar o controle do que é certo ou errado através da famigerada Real Academia Espanhola...

Os ingleses chegaram, a meu ver, ao ápice do ambiente democrático: nem academia eles têm! Jamais houve a "Academia Britânica de Letras", o que deixa o Inglês correto submetido à discussão das grandes universidades e das editoras de dicionários, que nem sempre estão de acordo umas com as outras – e nem por isso surgiu o caos e a desordem na sua maneira de escrever, pois todos seguem aproximadamente o mesmo padrão culto, respeitando as pequenas divergências. Veja uma pequena amostra das formas que convivem pacificamente no Inglês; para a maioria dos brasileiros, a existência de duas maneiras diferentes para grafar a mesma palavra seria uma aberração insuportável:

aeroplane	ou	**airplane** (aeroplano)
centre	ou	**center** (centro)
colour	ou	**color** (cor)
defence	ou	**defense** (defesa)
disc	ou	**disk** (disco)
fibre	ou	**fiber** (fibra)
gray	ou	**grey** (cinza)
harbour	ou	**harbor** (porto)
judgement	ou	**judgment** (julgamento)
neighbour	ou	**neighbor** (vizinho)
pyjamas	ou	**pajamas** (pijama)
sceptical	ou	**skeptical** (cético)
theatre	ou	**theater** (teatro)

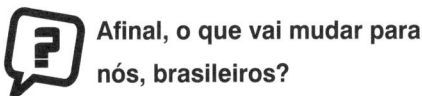 **Afinal, o que vai mudar para nós, brasileiros?**

Como vimos, foi o Acordo de 1943 que trouxe ao país a unidade que hoje conhecemos, criando um modelo estável que sofreu, em 1971, apenas um pequeno retoque (friso que foi a única modificação ocorrida de 1943 até hoje): foi suprimido o acento subtônico dos derivados em -**mente** e em -**zinho** (escrevia-se **gêniozinho**, **sòmente**, **cafèzinho**, **espontâneamente**), e caiu o malfadado acento circunflexo diferencial dos pares com **E** ou **O** aberto e fechado (**gêlo**: gelo, **almôço**: almoço; **tôda**: toda; **mêdo**: medo). Sucinto como deve ser, o texto desta minirreforma gastou apenas um parágrafo para definir os acentos que seriam eliminados do sistema de 1943 – e pronto.

Em vez de seguir a mesma prática de indicar apenas as supressões, o **Acordo** que entrou em vigor este ano é um amontoado de regras desordenadas, mal concebidas e redigidas de maneira pedestre. Os participantes desta confusa comissão dedicaram-se à tarefa completamente redundante de dizer, de novo, tudo o que 1943 já tinha conseguido dizer de forma mais clara e organizada. A consequência é a falsa aparência de complexidade que o texto assume para o leitor não-especializado, que não percebe, por trás desse palavreado cheio de farofa, que a montanha está parindo apenas um esquálido ratinho. Vamos esclarecer, de uma vez por todas, o que mudará – para o Brasil, para nós, para mim e para você, meu caro leitor – o que mudará, repito, se a comunidade aceitar este novo modelo e consagrá-lo pelo uso.

Para nós, brasileiros, é importante esclarecer que este **Acordo** só inova, com relação ao modelo de 1943/1971, na **acentuação** e no **emprego do hífen**; o **emprego das letras** fica exatamente como sempre foi. Na acentuação, ocorre a **supressão** de algumas regras hoje vigentes – e só; no **uso do hífen**, a comissão propõe algumas mudanças muito bem-vindas, outras cujas consequências ela própria desconhece. Faço questão de assinalar que este livro seria totalmente diferente se fosse destinado aos leitores de Portugal, pois as mudanças que eles vão ter de engolir são de outra ordem e calibre.

1. Como se escreve: emprego das letras

Neste capítulo, ao discutir com meus leitores várias dificuldades naturais de nosso sistema ortográfico, espero deixar mais evidente a maneira como ele, na verdade, funciona, e demonstrar que o uso das letras obedece a princípios racionais e bem intencionados. Sempre que possível, descrevo as soluções empregadas por nossos grandes escritores e gramáticos, ao longo da história de nossa língua, esperando que esses exemplos ajudem você a entender minhas opções.

Finalmente, acho importantíssimo que você entenda que há casos em que não chegaremos a uma resposta absoluta. Precisamos aceitar, com tranquilidade, o fato de que o sistema tem limitações e que devemos conviver com elas, sem desespero ou histeria. O que faremos, por exemplo, no caso de **berinjela**, que o *Aurélio* e muitos outros escrevem com **J**, mas que o *Houaiss* corrige, alegando que deve ser escrito com **G**? Muito simples: vamos escolher uma das formas, baseados em nossa intuição, em nossas preferências, em nossa convicção íntima. Qualquer solução que adotarmos terá a seu favor uma das grandes figuras de nosso idioma.

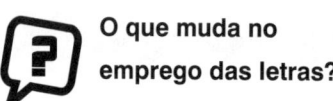

O que muda no emprego das letras?

Para nós, brasileiros, absolutamente nada. A reforma diz que nosso alfabeto passa a incluir também as letras **k**, **w** e **y**. Isso muda alguma coisa em nossa vida? Nada. Nadinha. O uso que elas terão obedecerá às mesmas regras que vigem há muito tempo: serão empregadas apenas nos símbolos internacionais e nos vocábulos derivados de nomes próprios das Artes e das Ciências (**shakespeariano**, **darwinista**, **keynesiano**), como você verá adiante. A novidade é que, fazendo parte do alfabeto oficial, a escola deverá ensinar às crianças o lugar que essas três letras ocupam na ordem alfabética.

O **Acordo** também elimina as chamadas **consoantes mudas**. Em que isso vai nos afetar? Em nada, de novo. Elas desapareceram do sistema brasileiro há mais de sessenta anos. Desde 1943, a grafia só registra as consoantes que pronunciamos. Escrevemos **compacto**, **convicto**, **adepto**, **corrupto**, **eucalipto**, **ficção**, **núpcias**, etc. porque pronunciamos aquele **c** ou aquele **p** antes da outra consoante. Portugal e os países africanos é que são seriamente afetados por esta regra, pois terão de suprimir da escrita a consoante que não pronunciam, em palavras como **acção**, **afectivo**, **acto**, **director**, **exacto**, **adoptar**, **baptizar**, **Egipto**, **nocturno** e muitas outras. Este é um dos pontos do **Acordo** que mais desagradaram aos nossos irmãos de além-mar, que começam a resistir bravamente à aplicação da reforma no território português.

-eano ou -iano?

> A foto, tirada num desfile beneficente, mostrava uma tradicional apresentadora de TV usando apenas roupas íntimas; comentando seu corpo bem-cuidado, a legenda dizia: "A poderosa **balzaqueana** deixou muita jovenzinha morrendo de inveja". Ou seria **balzaquiana**?

O sufixo **-ano**, com sua variante **-iano**, tinha um significado básico de lugar de **proveniência**, de **origem**: doces **serranos**, autores **italianos**, monges **tibetanos**. Com o tempo, passou a indicar também a proveniência de uma ideia, a partir do nome de um autor ou de um movimento intelectual: sonetos **camonianos**, ideal **republicano**, igreja **anglicana**. Sua definição semântica, como vemos, é muito simples; o problema é sua **representação gráfica**. É aí que as pessoas encontram problemas – e com toda a razão. Basta examinarmos uma lista de palavras com esse sufixo para perceber o quanto o quadro parece confuso:

ao lado de formas simples em **-ano** (**tebano, curitibano**), encontramos vocábulos em **-eano** (**coreano, montevideano**) e em **-iano** (**machadiano, açoriano**). Um ator especializado em peças de Shakespeare é shakespear**eano** ou shakespear**iano**? Aquela apresentadora de TV é uma charmosa balzaqu**eana** ou balzaqu**iana**? Quem nasce no Acre é acr**eano** ou acr**iano**? Em benefício da grande maioria de nossos leitores, que não são especializados em Linguística, vou passar ao largo das questões teóricas de Morfologia e de Fonologia envolvidas nessas derivações e tratar de estabelecer uma distinção prática para o emprego das duas formas.

Quando usar -eano? – Comparando-se a desproporcional ocorrência das duas formas, fica muito mais fácil para nosso leitor tomar **-iano** como a forma normal e **-eano** como a forma excepcional. Colocando de maneira simples:

> use sempre **-iano**,
> a não ser nos poucos casos
> em que vai ter de usar **-eano**.

E que casos são esses? Principalmente aqueles em que o **E** está na sílaba tônica, fazendo parte, portanto, do **radical** do vocábulo primitivo: Taubaté + ano = **taubateano**, Galileu + ano = **galileano**. Os dicionários trazem poucos exemplos além desses:

bruneano (Brunei), **borneano** (Bornéu), **coreano** (Coreia), **daomeano** (Daomé), **gouveano** (Gouveia), **guaxupeano** (Guaxupé), **guineano** (Guiné), **lineano** (Lineu), **mallarmeano** (Mallarmé), **montevideano** (Montevidéu), **nazareano** (Nazaré), **pompeano** (Pompeia), **tieteano** (Tietê), **traqueano** (traqueia), entre outros.

Quando usar -iano? – Todos os demais vão apresentar a forma **-iano**, que se acrescenta diretamente ao radical ou depois da queda da vogal temática: **bachiano** (Bach), **balzaquiano** (Balzac), **bilaquiano** (Bilac), **bocagiano** (Bocage), **borgiano** (Borges), **drummondiano** (Drummond), **freudiano** (Freud), **machadiano** (Machado), **mozartiano** (Mozart), **poundiano** (Pound), **rosiano** (Rosa), **sartriano** (Sartre), **shakespeariano** (Shakespeare), **veneziano** (Veneza), entre muitos outros. Costuma-se ver lógica **booleana** (de Boole), mas os especialistas não a consideram correta, preferindo **booliana**, como fazem Aurélio e Houaiss. O caso mais comentado é **acriano**. O sempre respeitado *Pequeno Vocabulário Ortográfico da Língua Portuguesa*, editado em 1943 pela Academia Brasileira de Letras – geralmente referido pela sigla **PVOLP** –, registrou como **acreano** o gentílico do Acre, numa evidente contradição com os princípios que defendia. Celso Luft chamou isso de "erro ginasiano"; Aurélio, mais diplomático, diz que é uma variante "menos boa". No ***Vocabulário Ortográfico da Língua Portuguesa*** (conhecido como **VOLP**), recentíssimo, a Academia corrigiu para **acriano**, como já fazia Houaiss. Agora é definitivo, embora os acrianos já comecem a protestar. Ah, em tempo: a personagem da foto era uma charmosa **balzaquiana**.

radicais evoluídos e radicais reconstituídos: **erva**, **herbívoro**

> Um estudante de Letras pergunta: "se o elefante é um grande **herbívoro**, com **H**, por que razão ele passa o dia comendo **ervas**, sem **H**?"

*Professor, queria saber por que **erva**, que vem do latim **herba**, escreve-se sem o **h**, e seus derivados, com o **h**? Sou estudante de Letras e, fazendo estágio em um colégio, o aluno perguntou ao professor o porquê dessa diferença; o professor disse ao aluno que era simplesmente uma **norma da gramática**. Por que a gramática distancia tantas coisas de suas origens?*

Anônimo

Meu caro Estudante de Letras Anônimo, seguramente o professor a que você se refere não é um modelo que deva ser seguido. Como pode ele evocar uma "norma da gramática" onde não há nenhuma? Pares como **erva/herbívoro** são muito comuns em nosso idioma – e simples de explicar a nossos alunos. O radical latino **herb-** evoluiu, dentro do Português, para **erv-** (o **H** desapareceu e o **B**, por regras de fonética histórica, passou a **V**); no entanto, como você deve ter estudado na faculdade, os humanistas do Renascimento português voltaram-se para o Latim em busca de palavras que aumentassem nosso vocabulário incipiente e terminaram criando os famosos "**dublês**", que estão presentes em todas as Línguas Românicas. Temos, portanto, **dois** radicais que coexistem, o **evoluído** e o **reconstituído**; há vocábulos que derivam do radical antigo, latino (**herbívoro, herbáceo, herborizar**), e vocábulos que derivam do radical moderno (**erva, ervaçal, ervateira**). O mesmo acontece, por exemplo, com **hibernal, hibernar, hibernação**, de um lado, e **inverno, invernada, invernia**, de outro. Se nós, professores, não tivermos claros os princípios e os conceitos, o que será de nossos pobres alunos? Abraço, e boa sorte!

grafia de nomes próprios: **Manoela** ou **Manuela**?

Pode-se falar em "certo" e "errado" no que se refere à grafia dos nomes próprios? O professor explica que sim.

> *Prezado professor, escreve-se **Manuela** ou **Manoela**? Qual é a forma correta do nome? Obrigada.*
>
> Luciene A. – Salvador (BA)

Minha cara Luciene: o nome é português da gema, de reis e princesas lusas: **Manuel**, **Manuela**. Há um Período **Manuelino** na História, bem como um estilo **manuelino** de móveis. Há vários pássaros na nossa fauna com esse nome (**manuel**-de-barro, **manuel**-vaqueiro, etc.), todos assim registrados nos melhores dicionários. Fomos descobertos durante o reinado de D. **Manuel**, que, por ter a sorte que teve (descobrir o Brasil não é pouca coisa!), passou a se chamar "D. Manuel, o Venturoso". A forma **Manoel** é bem difundida, mas não tem razão de ser.

Agora, você faz muito bem em trazer essa dúvida. Muita gente vive sob a ilusão de que os nomes próprios não estão sujeitos a regras. Claro que estão; o que é assegurado por lei, ao cidadão, é portar o seu nome da forma como foi registrado. Muitas vezes recebemos um nome que se transmite de geração em geração dentro da família e o usamos com orgulho, mesmo que não esteja grafado dentro da norma atual. É o caso dos **Mathias**, dos **Thiagos**, etc. Outras vezes, porém, a grafia do nome é alterada por mera ignorância ou por alguma idiossincrasia dos pais; se o filho suportar a carga que isso representa, ele tem o direito de conservar o nome assim como está no registro. Caso contrário, pedirá uma retificação da grafia: se alguém odeia o suficiente o seu filho para condená-lo a arrastar um nome como **Cerjio**, o infeliz pode, se quiser, solicitar à Justiça a correção para **Sérgio**.

Por outro lado, quando falamos de **personagens da história** ou nos referimos aos nomes de uma **maneira genérica**, sempre vai prevalecer a forma **correta**: **Luís** (e não *Luiz) de Camões, **Casimiro** (e não *Casemiro) de Abreu, **Rui** (e não *Ruy) Barbosa; "na minha lista de chamada, não há uma só **Juçara** (e não *Jussara) ou uma só **Susana** (e não *Suzana)". Eu sei que esse assunto é dinamite pura, porque existe nos nomes que escolhemos uma grande quantidade de conteúdos inconscientes, mas sempre recomendo empregar a forma correta.

Isabela – com S

O Doutor explica por que o nome da pequenina **Isabela** – talvez uma futura leitora – deve ser escrito com **S**.

*Professor, quando minha filha nasceu, escolhi o nome **Isabela**. Logo as tias e avós queriam bordar toalhinhas, roupinhas e veio a pergunta inevitável: o **Isabela** de sua filha vai ser com **S** ou com **Z**? Sempre* *imaginei o nome com **S**, mas agora fiquei com dúvida sobre a letra que devemos usar entre duas vogais.*

Janaína B. – Belo Horizonte (MG)

Minha cara Janaína: em primeiro lugar, parabéns por ter dúvidas quanto à grafia do nome da sua filha; infelizmente, essa não é uma atitude comum, no Brasil. Para a maioria das pessoas – mesmo para muitas que utilizam um Português bem cuidado –, é como se os nomes próprios não precisassem obedecer às normas ortográficas. Esse é um velho engano, nascido do fato de que a lei faculta ao cidadão usar o nome na forma em que foi registrado. Você pode ter certeza de que sua filha vai agradecer o bom-senso em pesquisar a forma correta.

Agora, os princípios ortográficos: entre duas vogais, o som de /z/ pode ser representado por três letras diferentes: o **S** (**casa**, **camisa**), o **Z** (**azar**, **baliza**) e o **X** (**exato**, **exame**). Não existe um sistema bem definido que regulamente o emprego de cada uma delas, pois aqui pesa, e muito, a tradição de novecentos anos de escrita do Português. Neste caso específico, o nome é **Isabel** – ou **Isabela**, variante que muitos preferem pela sugestão de "beleza" que contém. É considerado o equivalente espanhol do **Elizabeth** inglês, e sempre foi grafado com **S**, como a famosa rainha **Isabel, a Católica**, que apoiou a viagem de Colombo. Há, no dicionário, uma uva **isabel**, variedade muito popular no Rio Grande do Sul, e **isabelino**, sinônimo de **elisabetano**, período histórico batizado a partir da rainha Elisabete I, da Inglaterra, no séc. XVI. É significativo que no Italiano e no Francês, nossas duas irmãs latinas, o nome seja **Isabella** e **Isabelle**, respectivamente – sempre com o **S**.

M antes de P e de B

Existe alguma razão para só usarmos o **M** antes do **P** e do **B**?

Caro professor, gostaria de saber por que usamos M antes de P ou B. Obrigado.

Osmar L. A. – Florianópolis (SC)

Meu caro Osmar, a razão para essa escolha, imagino, vai ser encontrada em algum princípio presente em todas as línguas românicas: que eu me lembre, o Italiano, o Francês e o Espanhol, além do Português, também usam apenas **M** antes de **P** e de **B**. A base dessa restrição deve ser de ordem fonológica (hoje se sabe que a Fonologia está na base de todos os sistemas ortográficos, que não são tão arbitrários e caprichosos como geralmente se pensa): como o /**p**/ e o /**b**/ são fonemas tradicionalmente classificados como **bilabiais** (temos de unir os dois lábios para poder pronunciá-los), a **letra** escolhida para representar a nasal antes desses fonemas só poderia ser o **M**, correspondente ao fonema /**m**/, também classificado como **bilabial**. Assim, a combinação de letras adotada na nossa ortografia (**M+P** e **M+B**) é a que melhor corresponde à natureza dos fonemas representados. É por essa e por outras que reformas ortográficas devem ser feitas por linguistas, e não por "acadêmicos" das mais variadas origens e formações, como é o caso dos nossos imortais da Academia.

o nome do Y e do W

O professor explica como devem ser chamadas essas duas letrinhas exóticas.

*Como é, em Português, o nome das letras **W** e **Y**? **Dabliú** e **ipissilone** não é nome em Português, ou é? Obrigado.*

Odilon A. – Curitiba (PR)

Meu caro Odilon, apesar das controvérsias, o nome do **Y** é mesmo **ípsilon**, com as variantes populares bem conhecidas de **ipsilone**, **ipissilone** ou até mesmo **pissilone**, como se pode ver nos pitorescos **ABCs** da Literatura de Cordel. **Caldas Aulete** (o genuíno, o da 1ª edição) não hesita: **ípsilon**. **Antônio**

Geraldo da Cunha, no seu *Dicionário Etimológico*, acompanha: **ípsilon**. **Gama Kury** faz coro: **ípsilon**. **Celso Pedro Luft**, meu grande mestre, no seu incomparável *Grande Manual de Ortografia*, é taxativo: é **ípsilon**. E lá do fundo da mata, **Antenor Nascentes** vive repetindo: **ípsilon**. O pusilânime **VOLP** (o atual vocabulário ortográfico que é publicado pela Academia) registra também as variantes **ipsilo** e **ipsílon** – assim mesmo, **paroxítonas**! –, completamente exóticas ao nosso uso, adotadas hoje por alguns poucos excêntricos desgarrados. **Houaiss** chega para encerrar a questão: é **ípsilon**.

Uma das maiores virtudes do velho Aurélio Buarque de Hollanda era o sólido bom-senso, a qualidade suprema de um bom lexicógrafo. No entanto, desta vez me entristece ver o seu dicionário fazer aqui uma mixórdia inaceitável. O **Aurélio-em-vida** (até a 2ª edição) escolhe como forma canônica a esquisitíssima **hipsilo** (!), enquanto o **Aurélio XXI** elege como preferida a forma **ipsílon** (com a tônica em **SI**!), plural **ipsílons**, embora ambos reconheçam, entre parênteses, no final do verbete, que a forma corrente é **ípsilon**. Ora, essa observação é completamente incompatível com a prática de todos os bons dicionários do mundo: se a forma corrente é **ípsilon**, como reconhecia Aurélio e todos os autores que citei no parágrafo acima, é esta, e não as outras, a preferível. Esse é o critério válido para as palavras vindas do Grego, que vão apresentar no Português uma prosódia (leia-se: posição da sílaba tônica) que muitas vezes nada tem a ver com a pronúncia original. Se no jogo do bicho vale o que está **escrito**, em prosódia vale o que está sendo **dito** – "e todo mundo conhece o **ípsilon**, de dizer ou ouvir dizer" (Luft).

O **W** é mais pacífico. A forma mais usada é **dáblio**, embora também apareçam, nos dicionários, as formas paralelas **dable-u**, **dabliú**, **doble-vê** ou **vê-duplo**. A oportunidade de pronunciar o nome desta letra multiplicou-se por mil com a implantação da Internet, já que a maioria dos domínios da rede mundial começa por **WWW** – ditos **dáblio, dáblio, dáblio**. Nesse caso, temos mais sorte que nossos vizinhos da Espanha, que se enredam tanto com o *uve doble, uve doble, uve doble,* que muitos já se limitam a dizer ***triple uve doble***.

quando usar K, W e Y

O Acordo incorporou o **K**, o **W** e o **Y** ao nosso alfabeto. Isso muda alguma coisa?

Professor, as letras K, W e Y voltaram a fazer parte do nosso alfabeto, mas não sei exatamente quando deverão ser empregadas. O que mudou?

Liliane – Monte Carmelo (MG)

Todas as línguas do Ocidente usam, com pequenas variações, o alfabeto **latino** ou **romano**. O "alfabeto português", definido pelo Acordo Ortográfico de 1943, era composto de 23 letras, entre as quais não se encontravam o **K**, o **W** e o **Y**. Essas três letras eram consideradas exóticas, sendo admitido o seu emprego em dois casos especiais: (1) em abreviaturas e símbolos técnicos internacionais – **kg** (quilograma, quilo), **km** (quilômetro), **yd** (jarda); (2) em vocábulos derivados de nomes estrangeiros (o que é especialmente importante no mundo das ciências e das artes): **darwinismo**, **shakespeariano**, **hollywoodiano**, **wagneriano**, **kleiniano**, **keinesianismo**, **kardecista**, etc.

Com o Acordo de 1990, nossas três amigas retornaram ao nosso alfabeto, que, mais uma vez, passou a contar com 26 letras. E agora, quando são usadas? Exatamente nos dois casos acima descritos. O que mudou no seu emprego? Nada. Mas nada mesmo – a não ser o fato de que agora vão figurar mais à vontade na ordem alfabética. Elas não deverão aparecer, portanto, em palavras em que antes não eram empregadas. Mantém-se tudo como estava.

É evidente que elas serão usadas normalmente na grafia de nomes estrangeiros: **Kennedy**, **Jackson**, **Washington**, **Kremlin**, **Niemeyer**, **Winchester**, etc.

Entre nós, um só nome de origem indígena manteve o **Y** depois do Acordo de 1943: falo, como não poderia deixar de ser, do **Itamaraty**, em cujo lago deveriam deslizar, por coerência, "ymponentes cysnes" brancos.

Para aqueles que se atrapalham um pouco com a ordem alfabética, tomo a liberdade de relacionar o alfabeto completo, incluindo as três letras no seu devido lugar: A B C D E F G H I J [K] L M N O P Q R S T U V [W] X [Y] Z.

usando o **J**, o **Ç** e o **X**

Uma jovem professora vem pedir ajuda para melhor ensinar a seus alunos o emprego dessas letras; além disso, honestamente confessa que não sabe como enquadrar o **Ç** em nosso alfabeto.

*Olá! Meu nome é Ana e sou professora da classe de alfabetização. Este é o meu primeiro ano na série e muitas dúvidas estão surgindo. Gostaria de lhe pedir, caso seja possível, dicas sobre explicações para palavras escritas com **X** ou **CH**, **G** ou **J**, **Ç** ou **SS**, entre outras.*

Ana Cecília

Minha cara Ana Cecília, para ajudá-la (e para ajudar os seus alunos), começo lembrando que foi a

Reforma Ortográfica de 1943 que definiu o verdadeiro semblante de nossa grafia (esta recente Reforma, que entrou em vigor em 2009, é apenas cosmética), Em 1943, dois grupos de palavras receberam um tratamento especial. Em primeiro lugar, os vocábulos originários de **línguas ágrafas** – sem escrita, como eram todas as nossas línguas indígenas e todas as línguas africanas que entraram aqui no período da Escravidão. Em segundo lugar, os vocábulos originários de línguas com **alfabetos exóticos** (entenda-se: todos os alfabetos que não forem o alfabeto latino – o grego, o cirílico, o hebraico, o japonês, etc.). Nessas palavras, **jamais** usaremos **CH**, **SS** ou **G**, mas sim o **X**, o **Ç** e o **J**: **açaí, Iguaçu, Paraguaçu, miçanga**; **xaxim, Hiroxima, xale, paxá**; **acarajé, mujique, jiló**, etc. É um bom princípio geral; só acho que ele ainda não é de utilidade para alunos tão jovenzinhos quanto os seus, que não devem ter a cultura linguística necessária para "sentir" quando um vocábulo faz parte dos dois grupos acima; no caso deles, vão ter de simplesmente ir memorizando cada palavra. Quanto ao **Ç**, ele não é uma letra extra; trata-se apenas de um **C** com um sinal adicional (a cedilha), da mesma forma que o **Ã**, o **Â** ou o **Á**.

o nome das letras

Leitores perguntam como se escrevem os nomes das letras e por que são todos masculinos.

*Prezado Professor, dizemos "a letra **A**" ou "as letras **B**, **C**...", e assim por diante. Entretanto, quando nos referimos a alguma letra, dizemos "o **B**"; "o **F**", etc. Não seria mais adequado dizer "a **F**"; "a **B**"? Por que usamos o masculino? A letra (não a palavra "letra") é masculina ou feminina?*

Nicholas – São Paulo (SP)

Como se escreve, em Português, o nome das letras do alfabeto? Obrigada, desde já!

Selma – Amestelveen (Holanda)

Meu caro Nicholas, as letras são **femininas** no Espanhol e no Francês, **neutras** no Inglês e **masculinas** no Português. Isso depende do espírito de cada idioma; não há nenhuma razão lógica para o fato de ser **um F**, como dizemos aqui, ou *una F*, como dizem nossos irmãos do Prata. É o mesmo destino arbitrário que fez com que **Sol** e **Lua** fossem, respectivamente, masculino e feminino no Português e exatamente o contrário no Alemão. O fato de **letra** ser feminino nada influi no gênero das letras em si – da mesma forma que o fato de **ferramenta** ser feminino não obriga também **martelo**, **alicate** e **serrote** a sê-lo.

Quanto aos nomes das letras do alfabeto, Selma, são eles os seguintes: **á, bê, cê, dê, é, efe, gê, agá, i, jota, cá, ele, eme, ene, ó, pê, quê, erre, esse, tê, u, vê, dáblio, xis, ípsilon, zê**. Alguns desses nomes ficam bem visíveis em palavras como **á-bê-cê, á-é-i-ó-u, bê-á-bá, cê-cedilha, régua-tê**.

shopping, xópin

O plural correto é **shopping centers** ou **shoppings centers**? Ou seria melhor usar **xópins**?

Olá, Professor, gostaria de saber qual é o plural de **shopping center**: *o correto é* **shopping centers** *ou* **shoppings centers**? *Já li as duas versões; eu prefiro a primeira opção, mas não tenho certeza. Atenciosamente.*

Daniel M. – Passo Fundo (RS)

Prezado Daniel, se você usar a expressão completa em Inglês, só poderá flexionar o substantivo **center**: *shopping* **centers**. Não se esqueça de que o **adjetivo**, naquele idioma, vem à **esquerda** e nunca se flexiona. Por isso, **shoppings centers* é uma versão impossível (e abominável!). Agora, já vi muita gente usando apenas *shopping*, substantivado, à moda brasileira: "Construíram um *shopping*". Neste caso, vamos ter plural: "Construíram vários *shoppings* nesta região".

Temos, entretanto, duas outras opções, bem mais simpáticas: (1) usar a **tradução** da expressão inglesa ("centros comerciais"), ou (2) partir para o **aportuguesamento** de *shopping* – **xópin, xópins**. Esta última requer um pouco mais de coragem, mas começa a ser usada por alguns autores e jornalistas (Luís Fernando Veríssimo é um belo exemplo). Não franza o nariz, leitor; seu bisavô deve ter feito o mesmo quando viu escrito, pela primeira vez, **futebol** em vez de *foot-ball*, mas depois acostumou.

Agora, por que **X**, e não **CH**? A resposta é simples: porque é com **X** que costumamos nacionalizar os vocábulos estrangeiros grafados com **SH**: *shilling* –> **xelim**; *shampoo* –> **xampu**; *shaman* –> **xamã**; *Shangai* –> **Xangai**; *Sherazade* –> **Xerazade**; *Hiroshima* –> **Hiroxima**. Celso Pedro Luft aponta como um raro caso divergente o nosso **chutar**, proveniente do Inglês *shoot*, que deveria ter dado ***xutar**, mas não deu, e agora é tarde. Se um dia vencermos nossas resistências e aportuguesarmos *show*, a forma resultante vai ser **xou** – a mesma usada pela Xuxa em um de seus programas de televisão, que tantos bois-cornetas criticavam (cá para nós, mil vezes essa grafia, por esquisita que seja, do que a original, com seu **SH** e o seu **W**!).

viajem ou viagem?

"Espero que vocês **viajem** bem; espero que vocês façam uma boa **viagem**" – como vou saber se devo usar o **J** ou o **G**?

Escreve uma misteriosa leitora, de nome "Tsiu": *"Saudações! Gostaria de saber quando empregamos as palavras **viagem** e **viajem**. Obrigada"*.

Minha cara Tsiu: em primeiro lugar, lembre sempre que todos os substantivos terminados em **-agem** (com exceção de **pajem** e do obscuro **lajem**) são grafados com **G**. **Viagem** é um substantivo. Dele deriva o verbo **viajar**, que, naturalmente, é obrigado a trocar o **G** pelo **J**. Ora, como todas as formas flexionadas de um verbo devem seguir a grafia de seu **infinitivo**, o presente do subjuntivo fica "viaje, viajes, viaje, viajemos, viajeis, **viajem**". Pronto: aí temos as duas formas. "Esta **viagem** não termina", "Vamos começar a **viagem**", mas "Espero que eles **viajem** cedo"; "**Viajem** bem – **viajem** Varig". Há um interessante livro com dicas para viajantes (e blogue também), escrito por Ricardo Freire, que leva o título ***Viaje na Viagem***. Que tal?

úmido, umedecido

As coisas que se molham ficam **úmidas**, e as que eu molho ficam **umedecidas**?

*Caro professor, como é mesmo? Se algo se molha, fica **úmido**, e se eu o molho, fica **umedecido** (e não **umidecido**)? Grato.*

Rebelo – Sorocaba (SP)

Meu caro Rebelo, não é bem assim. Se algo se molha, fica **úmido** ou **umedecido**; se eu o molho, fica também **úmido** ou **umedecido**. O problema não é estar no polo passivo ou ativo da situação; acontece que o adjetivo **úmido**, que produz derivados como **umidade** e **umidificar**, corresponde ao verbo **umedecer**, que tem essa sílaba -**me**- em todas as formas flexionadas, inclusive no particípio **umedecido**, irmão de **umectar**, **umectante**. Não é novidade ocorrerem variações no radical de uma família vocabular: a **lágrima** sai pelo canal **lacrimal**, o movimento da **roda** é **rotativo**, a higiene da **boca** é **bucal**, e assim por diante. Não esqueça que, na maior parte das vezes, essas aparentes "incongruências" de nossa ortografia correspondem, na verdade, a vestígios de diferentes momentos na história de nosso léxico.

talibã, talebã, taliban ou taleban

> É só o que se pergunta: como se escreve o nome do grupo islâmico que dominava o Afeganistão?

Muita gente ainda tem dúvida sobre como escrever o nome do grupo islâmico que dominava o Afeganistão: a grafia correta seria **talibã**, **talebã**, **taliban** ou **taleban**? A dúvida se justifica, pois encontramos todas essas formas empregadas nos jornais, nas revistas e nos sítios de notícias, numa dança enlouquecedora de grafias alternativas. Afinal, qual é o certo? Para quem só quer a respostinha seca, já vou dizendo: eu escrevo **talibã**, **talibãs**. Para quem não se contenta com isso, vou apresentar minhas razões.

Quero que meus leitores saibam que, em nomes como esse, não existe a **forma correta**, mas sim a mais **recomendável**. Isso acontece, aliás, com todos os nomes provenientes de línguas que não usam o **alfabeto romano** (o nosso) e que precisam, portanto, ser **transliterados**. Ao fazermos a transliteração, tentamos reproduzir, com nosso próprio alfabeto, o som que o nome tem na sua língua original – o que sempre vai produzir, é lógico, um resultado meramente aproximado, pois tentamos representar fonemas que nossa língua desconhece, usando um sistema gráfico que foi elaborado para dar conta da fonologia do Português. Lembro as diferentes propostas de transliteração para **Kruschev** (ou **Khruschev**, ou **Khruschov**, ou **Kruchev**, etc.), ou para o falecido camarada **Mao**, que eu cresci chamando de **Tse Tung**, e hoje aparece como **Zedong** (ou coisa assim). Quem já leu traduções diferentes de **Dostoievski** (ou **Dostoievsky**?) está acostumado a mudanças na grafia dos nomes das personagens.

A forma **talibã** também é uma transliteração e, portanto, também aproximativa; de todas as outras, contudo, é a que está mais de acordo com a tradição e a que melhor se enquadra em nossos padrões fonológicos, como passo a demonstrar.

(1) Por que a vogal "**i**" na segunda sílaba? Embora na pronúncia lá deles, dependendo da região, registre-se um som intermediário entre o /i/ e o /e/, nas línguas ocidentais mais importantes vem prevalecendo, como no Português, a forma grafada com "**i**", e não com "**e**": para o Inglês, é "*the Taliban*"; para o Francês, "*le taliban*"; para o Espanhol, nosso irmão mais próximo, "*el talibán*".

(2) Por que o final em **Ã**? Há muitos nomes asiáticos terminados em /a/ seguido de consoante nasal. Enquanto o Inglês registra tudo como -**an** (*Afghanistan, Pakistan, Jordan; Iran, Teheran, Oman, Ramadan*), nós

aportuguesamos essa terminação de duas maneiras diferentes: ora como -ão (**Afeganistão**, **Paquistão**, **Jordão**), ora (mais frequente) como -ã (**Irã**, **Teerã**, **Omã**, **Ramadã**). Contudo, como Said Ali muito bem observa em seu *Dificuldades da Língua Portuguesa*, os terminados em -**ão** são casos excepcionais, diante da esmagadora preferência pelo final -**ã**. Por isso, entre **talibão** (nossa!) e **talibã**, a escolha é óbvia. O que nós não temos é o final -**an**, como o Inglês; é impossível, portanto, em nosso sistema, uma forma como ***taliban**.

Outro problema que ronda esse vocábulo é o do **plural**. Acontece que, no dialeto persa falado pelos talibãs, o vocábulo já é uma variante **plural** do vocábulo árabe *talib*, que significa "estudante; aquele que procura o conhecimento"; na verdade, "estudante da teologia islâmica" – o que reflete historicamente a origem do movimento, nascido nas agitações estudantis dos anos 60. Por esse motivo, a maior parte da imprensa europeia usa o vocábulo como se já fosse um plural ("*the Taliban are*"; "*les taliban*"; "*los talibán*"). Julgo, entretanto, que imitar essa prática no Português seria criar uma injustificável exceção ao paradigma (imaginem "*os talibã"!) e ignorar a extraordinária capacidade que nosso idioma tem de deglutir os vocábulos estrangeiros e nacionalizá-los fonológica, ortográfica e morfologicamente. Já escrevi várias vezes sobre isso: para entrar no Português, o vocábulo estrangeiro tem de aprender a dançar miudinho, tratando de comportar-se como seus colegas nativos. Um **talismã**, dois **talismãs**; um **talibã**, dois **talibãs**.

treis e **hum** no cheque

> Um leitor quer saber se pode escrever **treis** em cheques; o professor explica que poder, pode, mas é um atentado à ortografia.

*Caro professor, gostaria de saber se é permitida a grafia do número "3" como **treis** em cheques. Grato.*
Guilherme S. – Viçosa (MG)

Meu caro Guilherme, você pode escrever no **cheque** do jeito que quiser, desde que o caixa aceite. Isso não depende das regras de ortografia; se você escrever *tres, *treis, *trez, *trêz ou *treiz, todas estão erradas quanto à norma, que é **três**, mas podem valer (quem sabe?) no mundo bancário. Da mesma forma, ***hum** é uma aberração ortográfica, mas é recomendável em cheques e títulos de crédito **manuscritos**, para evitar a fácil adulteração para **cem** (agora, usar ***hum** em texto **datilografado** é de uma burrice oceânica!). ***Seicentos** está errado, mas a

54

maioria dos caixas paga um cheque escrito assim, porque não lhes cabe ficar corrigindo a grafia errada dos outros. Espero que você perceba, portanto, que o "permitida", na sua pergunta, nada tem a ver com a norma ortográfica vigente.

um mil

> O Brasil foi descoberto em "mil e quinhentos" ou em "**um mil** e quinhentos"? Dá para escrever **mil reais** por extenso no cheque?

*Caro Professor, qual seria a forma correta de escrever 1986 por extenso? Seria "**um mil** novecentos e oitenta e seis" ou apenas "**mil** novecentos e oitenta e seis"? Por quê? Grato!*

Delintro B. A. – Anápolis (GO)

Meu caro Delintro: na expressão da unidade de milhar, o Português não usa **um mil**. A sequência correta é **mil**, **dois mil**, **três mil**... O ano do tricampeonato brasileiro no futebol foi **1970** – **mil**, novecentos e setenta. Só o uso bancário insere aquele esquisito **um** – e são tão teimosos e onipotentes que a maioria dos caixas e gerentes não quer aceitar um cheque preenchido com **mil e duzentos reais**. "É para evitar fraudes", dizem aqueles sabidinhos; acontece que o emitente tem o direito de correr o risco que ele quiser, se não quiser insultar a língua portuguesa. Além disso, como é infinita a estultice alheia, estendem essa exigência até mesmo a cheques **datilografados** ou com o valor por extenso escrito **entre parênteses**, casos em que obviamente fica afastada qualquer hipótese de adulteração posterior...

Quem já levantou uma forte reação contra isso foi o velho gramático Napoleão Mendes de Almeida, que se indignava com essa ditadura dos bancos que se metem a legislar sobre o que não entendem. Em divertido e impertinente artigo de seu ***Dicionário de Questões Vernáculas***, verbera esses despotazinhos que fazem essa "exigência mais uma vez humilhante, por obrigar que se escreva o que não existe em nosso idioma". E lembra, sarcástico, que falamos Português no Brasil, que certamente não foi descoberto no ano **um mil e quinhentos**.

estado ou Estado

Quando me refiro ao Mato Grosso, à Bahia ou ao Maranhão, escrevo **estado** com inicial minúscula ou maiúscula?

Prezado Professor, na qualificação de uma pessoa – por exemplo, "João da Cachoeira, brasileiro, casado, agricultor, filho de José Cachoeira e Maria dos

*Anjos Cachoeira, nascido em Cuiabá, neste **Estado**"
– o vocábulo **estado** deve ser grafado com maiúscula ou minúscula?*

Astúrio F. – Cuiabá (MT)

Meu caro Astúrio, só deveríamos usar maiúsculas em **Estado** quando o vocábulo se referisse à instituição: "O homem sente-se sufocado pela presença do **Estado**"; "Em assuntos econômicos, ele defende o afastamento gradual do **Estado**"; "Para os pensadores anarquistas, o **Estado** é uma forma organizada de opressão". Por outro lado, as divisões administrativas de nosso país devem ficar com inicial minúscula: "o **estado** em que eu nasci faz fronteira com o Uruguai", "o **estado** do Rio de Janeiro tem uma capital do mesmo nome", "a falta de energia pode afetar todos os **estados** do Sul". É muito diferente escrever que o "**estado** de Minas Gerais" ou que o "**Estado** de Minas Gerais" está preocupado com a violência; no primeiro caso, são os cidadãos, a sociedade; no segundo, estamos falando do governo e de suas instituições. Contudo, tenho visto, principalmente em documentos oficiais e em linguagem jurídica, o uso da maiúscula sempre que o vocábulo se refere a uma das entidades jurídicas que compõem a federação brasileira: "O **Estado** da Bahia ..." Se você quer ficar em paz, use a maiúscula, que ninguém vai reclamar, enquanto a minúscula (que, repito, acho a mais indicada) pode despertar contra você a desconfiança de alguns. Meu conselho é sempre o mesmo: em caso de dúvida, evite a encrenca.

minúsculas com nomes geográficos

> Os nomes dos acidentes geográficos devem ser escritos em minúsculas – **ilha** do Bananal, **rio** das Antas, **baía** de Guanabara.

*Prezado Professor, quando uso maiúsculas ao escrever acidentes geográficos? Segundo o **Manual de Redação do Estadão**, eu não uso maiúsculas para **rio** Tietê e **monte** Everest. Mas e **baía**, **estuário**, etc.? Eu agradeço sua atenção, pois estou precisando dessas informações, e nem **Cunha** nem **Luft** (em seus livros) resolveram meu problema. Obrigada.*

Estela – Porto Alegre (RS)

Minha cara Estela, é quase impossível encontrar alguma coisa de ortografia que o professor Luft não tenha esmiuçado. Às vezes fica difícil ter acesso ao que o mestre escreveu, pois temos de buscar naqueles 3.000 artigos (três mil!) publicados no jornal **Correio do Povo**, na seção **No Mundo das Palavras**; outras vezes é bem mais fácil, como no seu caso. No seu

Grande Manual de Ortografia Globo, falando sobre o emprego das minúsculas, Luft diz que devemos usar minúsculas nos "nomes comuns que acompanham nomes geográficos: a **baía** de Guanabara, o **canal** de Suez, o **estreito** de Magalhães, o **oceano** Atlântico, o **rio** Amazonas, etc.". Que tal? Claro como água. Você pode estender isso ao **pico** da Neblina, à **ilha** de Marajó, a **serra** da Mantiqueira. Essa é a norma oficial; no entanto, o uso dos principais jornais e revistas vem sistematicamente contrariando esse preceito, acostumando os leitores a grafias como **Baía** de Guanabara, **Canal** de Suez, **Oceano** Atlântico, **Estreito** de Magalhães, **Golfo** Pérsico. Ou seja: é mais um caso em que o usuário vai ter de escolher de que lado da guerra ele quer se alistar.

maiúscula após dois-pontos?

Deve-se usar maiúscula após o dois-pontos?

Prezado Doutor, como santo de casa não faz milagre, solicito esclarecimento sobre o uso de letras maiúsculas em enumerações, após dois-pontos. Ex.:

Os seguintes ajustes devem ser efetuados:
a) Incluir o percentual de...;

b) Informar o valor de...;
c) Identificar o saldo... .

Inara Cristina

Minha prezada Inara, em princípio, os sinais que devem ser seguidos por maiúsculas são os sinais de **pontuação final** (**ponto**, **ponto de interrogação** e **ponto de exclamação**), o que não é o caso do **dois-pontos**, que, assim como o ponto-e-vírgula, é um sinal de **pontuação interna**. Vamos ter maiúscula depois desse sinal apenas quando se tratar de uma **citação** – O deputado defende o contrário: "Não podemos transigir com o FMI" – ou de **substantivo próprio** (o que é óbvio) – "Três foram os indiciados: João, Pedro e Mateus".

No caso de uma enumeração **em alíneas**, como o exemplo que você enviou, contudo, o caldo pode ficar um pouco mais grossinho. Explico: se as alíneas forem curtas e pudermos separá-las com vírgula ou ponto-e-vírgula, a inicial fica em minúscula. O exemplo é o daquela famosa enciclopédia chinesa "descoberta" pelo Jorge Luis Borges:

"**Os animais se dividem em:**
a) pertencentes ao Imperador,
b) embalsamados,
c) domesticados,
d) leitões,
e) sereias,

f) fabulosos,

g) cães em liberdade,

h) incluídos na presente classificação,

i) que se agitam como loucos,

j) inumeráveis,

k) desenhados com um pincel muito fino de pêlo de camelo,

l) et caetera,

m) que acabam de quebrar a bilha,

n) que de longe parecem moscas."

Se, entretanto, as alíneas formarem verdadeiros **períodos**, recomendo usar maiúscula, mesmo na primeira:

"**Três são os processos mais comuns de ampliação do léxico do Português:**

a) Forma-se uma palavra nova a partir de uma já existente. Este processo é chamado de derivação, que pode ser prefixal, sufixal ou parassintética.

b) Forma-se um vocábulo pela união de dois (geralmente) vocábulos já existentes. Este processo, chamado de composição, só produz substantivos ou adjetivos.

c) Importa-se o vocábulo de uma língua estrangeira, adaptando-o às características fonológicas e ortográficas dos vocábulos vernáculos. É o processo denominado de importação ou empréstimo."

Concluo dizendo-lhe estas palavras sinceras: faça como lhe aprouver, Inara. O uso das maiúsculas raramente tem alguma importância, e as regras que estipulam o seu emprego são poucas e (ao meu ver) equivocadas, em muitos casos. No fundo, não passam de fúteis recomendações de etiqueta, emanadas da Comissão de 1943, que os deuses a tenham, ou da Comissão de 1990 (que o diabo a carregue), e não significam conhecimento real do Português, que envolve matéria muito mais densa e mais profunda.

maiúsculas nos nomes de aves

*Prezado Professor Moreno: fiz uma compilação dos nomes populares das aves brasileiras. Alguém me alertou que a norma ortográfica manda escrever estes nomes sempre com todas as palavras iniciando em minúsculas, mesmo se tratando de nomes próprios. Acho muito estranho escrever, por exemplo, o **pavãozinho-do-pará** desta forma e não **pavãozinho-do-Pará**. Temos diversos nomes de aves que incluem nomes próprios, como **bacurau-do-São-Francisco, choca-de-Roraima, tapaculo-de-Brasília, arapaçu-de-Wagler** e por aí afora. Fico pensando a confusão que daria se tivéssemos uma ave do Rio de Janeiro que o povo chamasse de **fulaninho-do-Rio**. Se es-*

*crevêssemos **fulaninho-do-rio**, certamente ninguém imaginaria que esse "**rio**" se refere ao Rio de Janeiro e não ao curso d'água, como ocorre com a **andorinha-do-rio**, o **arredio-do-rio** e diversos outros. O que o senhor pensa a respeito?*

Luiz Fernando F. – Osasco, São Paulo

Meu caro Luiz Fernando, você está fazendo uma pequena tempestade num dedal. É verdade que, no caso do Rio, haveria ambiguidade – mas, vamos convir, seriam pouquíssimos casos dentro de um sistema muito amplo. Não se trata apenas de nomes de aves, mas de uma regra abrangente que regula a presença de nomes próprios como parte de substantivos compostos: **castanha-do-pará**, **sururu-de-alagoas**, **carne-do-ceará**, **cerejeira-do-uruguai**, **cerejeira-do-rio-grande**, **queijo-de-minas**, **jasmim-do-paraguai**, **narciso-de-portugal**, **folha-de-flandres**, **funcho-da-itália**, **coco-da-baía**, **chagas-de-são-francisco**, **sambaíba-do-rio-são-francisco**, **louro-branco-do-paraná**, **pinho-do-paraná**.

Note que os nomes próprios perdem sua individualidade gráfica: se forem compostos, como **Rio Grande**, ganham hífen entre seus elementos (**cerejeira-do-rio-grande**); se tiverem a sua grafia justificada por alguma regra especial (**Bahia**, por exemplo, que mantém aquele exclusivo **H** interno), voltam a ser simples mortais como os outros (**coco-da-baía**). Note também que há a preocupação de desambiguizar na própria construção do nome: **chagas-de-são-francisco** e **samambaia-do-rio-são-francisco** (um é do santo, o outro é do rio). Por último, observe como a ambiguidade a que você se referia, com relação a **rio/Rio**, realmente ocorre em **louro-branco-do-paraná** e **pinho-do-paraná**, nos quais, ao que parece, o primeiro se refere à bacia do rio Paraná e o segundo ao estado do Paraná. Como diz um velho provérbio árabe, "Azar, azia, azeite". Nas línguas naturais, existem ambiguidades por toda parte, e temos de aprender a conviver com elas. Quem quiser evitá-las, vai ter de fazer a distinção na própria nomenclatura, fazendo o bichinho chamar-se, por exemplo (hipotético), "caturrita-do-rio", para diferençá-la da "caturrita-da-lagoa", ou "caturrita-do-rio-de-janeiro", para diferençá-la da "caturrita-de-goiás" (como no exemplo acima, da **samambaia-do-rio-são-francisco**).

Curtas

Jorge ou George?

Frederico, de Belo Horizonte, relata que houve uma grande discussão na aula de Português sobre qual seria a forma correta, se **Jorge** ou **George**. "Apesar da explicação da professora, ainda continuo com dúvidas e gostaria de saber qual é a forma correta."

Meu caro Frederico, não entendo qual é o problema. O nome em Português é **Jorge**; em Inglês, é **George**. Muita gente dá a seus filhos nomes estrangeiros: **Ronald, William, Philip, Jean, Elizabeth**, etc.; outros preferem usar seus equivalentes em Português: **Ronaldo, Guilherme, Filipe, João, Elisabete**.

muçarela, mozarela

Cláudia, de Pará de Minas (MG), escreve para dizer que encontrou no dicionário a palavra **muçarela**, e quer saber se é errado grafar **mussarela**.

Minha cara Cláudia, ou escrevemos **muçarela**, ou **mozarela**, no Português; se você preferir, pode usar também a forma do Italiano, que é *mozzarela* (os dois **Z**s soam como em *pizza*).

estorno ou extorno?

O leitor chamado Klein quer saber se um cheque é **extornado** ou **estornado**.

Meu caro Klein, a forma correta é **estorno**, com **S** mesmo, pois vem do vocabulário contábil italiano (*storno*). Eu também já tive essa mesma dúvida, quando trabalhava em banco, pois esse /es/ parece o nosso prefixo **EX** (pronunciado também /es/), que estaria bem de acordo com a ideia de **estornar** um lançamento indevido.

garage ou garagem?

> Alexandre escreve sobre **garage** e **garagem**: qual das duas está correta? Ou ambas estão corretas?

Meu caro Alexandre, quando um vocábulo estrangeiro ingressa em nosso léxico, ele se adapta aos vocábulos nativos já existentes. Os substantivos franceses terminados em **-age** (*sabotage*, *mirage*, *garage*, etc.), ao entrarem no Português, receberam um **M** final que os deixou semelhantes aos numerosos vocábulos já existentes com esse perfil (**selvagem**, **bobagem**, **passagem**, etc.). Por isso, ficaram **sabotagem**, **miragem**, **garagem**.

concertar ou consertar?

> Nossa leitora Terezinha, de São José dos Campos (SP), quer saber como ela pode convencer (os colegas, imagino?) de que a forma correta é **concertar** os autos (ou o processo), em vez de **consertar**.

Minha cara Terezinha, não posso responder à sua pergunta porque não sei exatamente o que vocês fazem com os autos. Se é uma **correção**, **retificação**, então teremos **consertar**. Se, no entanto, é um **rearranjo** ou uma **integração** de autos de diferentes processos (isso existe?), poderíamos falar de **concertar** (harmonizar). Aqui termina a minha ciência e começa a dos juristas.

torácico

> O dr. Alessandro, de Ribeirão Preto (SP), traz uma dúvida corrente entre seus colegas: o termo correto para "através do tórax" grafa-se **transtoráxico** ou **transtorácico**?

Meu caro Alessandro, se o adjetivo é **torácico**, só podemos ter **transtorácico**, com **C**. Você deve lembrar que há um velho namoro entre o **X** e o **C** no final das palavras. A forma **índex** ficou antiquada, cedendo lugar a **índice**. O **cálix,** os **cálix** foram abandonadas por **cálice**, **cálices**. No caso de **tórax**, o radical subjacente é **torac-**, como podemos ver no plural **tóraces** e em todos aqueles derivados científicos que você, como médico, deve estar habituado a utilizar (**toracoplastia**, **toracometria**, **toracostomia**, etc.).

marketing

> Evandro, de São Paulo (SP), quer saber se existe alguma palavra ou expressão em português para a palavra *marketing*.

Meu caro Evandro, é essa mesma – *marketing*. Aposto os meus diplomas que esta é uma daquelas palavras que jamais será substituída, pela absoluta falta de candidatas. Ela já entrou em nosso idioma, como *pizza*, *jazz* e outras mais, que resistem tanto à tradução quanto à adaptação pura e simples ao nosso sistema ortográfico e fonológico. Devemos fazer como as línguas das grandes culturas do mundo fazem: se a palavra é útil e necessária, vamos nos apropriar dela. O Inglês é o maior pirata de vocábulos que conheço; vai pegando tudo o que acha interessante ou funcional. Como resultado, seu vocabulário é hoje o maior das línguas ocidentais.

casa, bazar

> Leila, de São Paulo, gostaria de saber por que usamos **S** para escrever **casa** e **Z** para escrever **bazar**, se ambos têm o som de /z/ e as vogais que vêm antes e depois são as mesmas. Além disso, estranha que pronunciemos o **S** de sozinho como /z/ (**casa**, **asilo**, **Brasil**), enquanto o som /s/ mesmo deve ser representado por **SS** (**assunto**, **osso**). "Como explicar isso? Tenho dúvidas desse tipo e preciso orientar um paciente meu com relação às regras ortográficas."

Minha prezada Leila: você não vai poder orientar seu paciente, se não tiver a formação necessária para distinguir **fonemas** de **letras**. Não sei qual a sua especialidade, mas você não pode se manifestar sobre problemas ortográficos enquanto não sanar essa lacuna na sua formação. O fonema /s/ pode ser representado de várias maneiras gráficas no Português: **C**eleste, **S**apato, ca**Ç**a, ma**SS**a, má**X**imo, na**SC**er, na**SÇ**a, e**XS**udar (ou seja, pelas letras e dígrafos **C**, **Ç**, **S**, **SS**, **SC**, **SÇ**, **X** e **XS**). O fonema /z/ é representado assim: ca**S**a, Xa**Z**ar, e**X**ato (pelo **S** intervocálico, por **Z** e por **X**). Por que essa variedade? Porque nossa ortografia está apenas refletindo as diferentes origens dos vocábulos e as diferentes etapas de sua evolução. Isso acontece em todas as línguas ocidentais, e temos de nos acostumar com o fato. Talvez você se console em saber que é assim em todas as partes do mundo.

-ção e -ssão

> Carmen Montenegro, da Costa Rica, é falante do Espanhol e está aprendendo Português. Ela gostaria de saber qual a regra para empregar -**ção** ou -**ssão**.

Prezada Carmen, sinto desapontá-la, mas não existe uma regra definida quanto ao emprego de **Ç** ou de **SS** antes de **-ão**. O que posso lhe dizer, estatisticamente, é que o sufixo **-ção** é muito mais frequente (**realização**, **iniciação**, **paralisação**); no entanto, há também vários vocábulos que são escritos com **SS**, como **repercussão**, **discussão**, **demissão**, **cessão**, **pressão**, **agressão**. Os brasileiros, que também têm a mesma dificuldade que você tem, só podem resolvê-la indo ao dicionário.

maiúsculas em compostos

> Cláudio R., de Piraçununga (SP), quer saber se, em nomes próprios compostos separados por hífen, devemos empregar a inicial maiúscula nos dois elementos ou somente no primeiro. "Por exemplo, devo escrever **Acordo Luso-Brasileiro** ou **Acordo Luso-brasileiro**?"

Prezado Cláudio, lembre-se de que, ao formarmos uma palavra composta com hífen, os elementos presentes conservam sua individualidade **fonética**, **mórfica** e **gráfica**. Portanto, cada um leva sua maiúscula: **Grã-Bretanha**, **Decreto-Lei**, **Instituto Ítalo-Brasileiro**.

maiúsculas religiosas

> Hamilton, de Pomerode (SC), quer saber: o correto é "Deus derrama sobre nós **a** Sua graça" ou "**da** Sua graça"? Neste mesmo caso, o pronome possessivo **Sua**, referindo-se a um atributo divino, deve sempre ser escrito com maiúscula?

Prezado Hamilton, o correto é "derrama **a** sua graça". Quanto ao uso das maiúsculas, isso é um caso de decisão individual. Quem é religioso, escreve "o **Seu** nome", "respeitá-**Lo**", "dirigiu-se a **Ele**", etc.; quem não é, não faz isso. É estritamente pessoal, e não pode haver regra gramatical que dependa do credo de cada um.

Deus e as maiúsculas

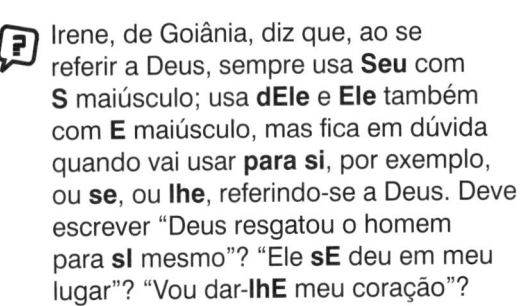

> Irene, de Goiânia, diz que, ao se referir a Deus, sempre usa **Seu** com **S** maiúsculo; usa **dEle** e **Ele** também com **E** maiúsculo, mas fica em dúvida quando vai usar **para si**, por exemplo, ou **se**, ou **lhe**, referindo-se a Deus. Deve escrever "Deus resgatou o homem para **sI** mesmo"? "Ele **sE** deu em meu lugar"? "Vou dar-**lhE** meu coração"?

Minha cara Irene, você está fazendo uma pequena confusão. Se você é religiosa e quer usar o tratamento respeitoso para com a sua divindade, use maiúscula em todos os pronomes que a representem: "Perdoe a **Sua** filha", "nós **O** amamos", "enviamos-**Lhe** nossas preces", "Deus resgatou o homem para **Si** mesmo" (se foi para ele próprio; se foi para o homem, seria minúscula), "Ele **Se** deu em meu lugar". A estranha grafia **dEle** ocorre por causa da combinação da preposição **de**, em minúsculas, com o pronome **Ele**, com a inicial maiúscula. **Se**, **si** e **lhe** são pronomes simples, sem combinações, e só poderão ter maiúscula na sua letra inicial (se assim desejarmos). Agora, entenda bem o que você está fazendo: as maiúsculas são apenas para que seus leitores percebam o respeito que você tem a Deus; ele próprio, na sua infinita sabedoria, não liga para essas ninharias.

meses com minúsculas

> Thiago B., de Fortaleza, tem uma dúvida que, segundo ele, "pode entrar para o *hall* das perguntas cujas respostas são curtas, porém finas". a primeira letra dos meses do ano deve ser grafada em maiúsculas ou em minúsculas?

Prezado Thiago, escrevem-se com iniciais **minúsculas** os nomes dos meses do ano e os dias da semana. É a norma. Vamos escrever **janeiro** e **dezembro**, assim como **sábado** e **domingo**. Portugal, diferentemente do Brasil, usava **maiúsculas** no nome dos meses, mas agora, pelo Acordo, deverá fazer como nós.

pus

> A leitora Célia pergunta qual a maneira correta de se escrever o verbo **pôr** na primeira pessoa, se é **pus** ou **puz**.

> Nos dicionários que consultou, só encontrou o substantivo **pus**, mas nada sobre o verbo.

Minha cara Célia, a 1ª pessoa do verbo **pôr** (eu **pus**) é homógrafa (tem a mesma grafia) da palavra **pus** (aquele que sai da ferida). Lembre-se de que os dicionários não registram verbos conjugados; foi por isso que você não o encontrou. A forma verbal não pode ser escrita com **Z** por uma razão muito simples: só podem ter **Z** os verbos que ostentarem esta letra em seu infinitivo (**trazer, fazer, dizer, conduzir**, etc.); os demais só podem usar **S** (**quis, pus, quiser, puser**, etc.).

2. Como se escreve: acentos e sinais

A base de nosso sistema de acentuação gráfica foi estabelecida pela Comissão de 1943. Muito se discute se os acentos gráficos são ou não necessários para a ortografia do Português; não são poucos os autores que, olhando para o Inglês (que vive muito bem sem acentos), defendem a total inutilidade desses sinaizinhos. Outros, olhando para o inferno acentual do Francês – que escreve *dégoût* (desgosto), *élève* (aluno), *théâtre* (teatro) –, felicitam-se por ter um sistema tão simples e racional como o nosso. O que eu tenho notado é que a maioria dos brasileiros (incluindo aqui muitos professores de Português) não sabe exatamente qual a finalidade dos acentos; em outras palavras, poucos sabem por que os acentos vieram a este mundo.

A tradição de utilizar esses sinais nasceu na Grécia, por volta do ano 200 a. C., para marcar a sílaba tônica das palavras e assinalar os fonemas aspirados. É claro que os gregos não precisariam dessa sinalização para falar corretamente o seu próprio idioma, da mesma forma que um brasileiro não precisa saber escrever para poder falar o Português. O alvo era bem outro: com a expansão territorial do

Grego, principalmente por obra de Alexandre Magno, um número imenso de falantes não-nativos passou a usar essa língua, e foi para esses recém-chegados, que não conheciam intuitivamente a maneira correta de pronunciar os vocábulos, que Aristófanes de Bizâncio concebeu o sistema de acentos e sinais que os textos gregos apresentam até hoje. Muitas línguas modernas incorporaram acentos à sua grafia, sem se dar conta de que se trata de uma sinalização útil para estrangeiros, mas geralmente supérflua para os nativos.

O sistema vigente

No Brasil, a acentuação manteve o mesmo objetivo que tinha na Grécia Antiga: ao contrário do que muita gente pensa, os acentos não têm a função de distinguir entre duas palavras muito parecidas, mas são usados para sinalizar, **quando for necessário**, a **prosódia** de uma palavra. Numa definição simplificada, a prosódia seria a correta colocação da sílaba tônica dentro do vocábulo; quem diz /RUbrica/, com a tônica no /ru/, está cometendo exatamente um **erro de prosódia**, pois a pronúncia correta é /ruBRIca/. Como aprendemos desde os primeiros anos de escola, a sílaba tônica pode ser a última sílaba da palavra (as **oxítonas**), a penúltima (as **paroxítonas**) ou a antepenúltima (as **proparoxítonas**).

Como é natural, a maior parte de nossos vocábulos **não** necessita de acento porque sua prosódia está de acordo com a expectativa dos falantes. Os vocábulos acentuados – na verdade, apenas 20% de nosso vocabulário total – são exatamente os que se **afastam** dessa pronúncia esperada, como você verá logo a seguir. Neste caso, o acento indica aquela sílaba tônica que fica onde normalmente não se esperaria que ela ficasse. Por exemplo: por que **táxi** é acentuado? Usando a experiência que todos nós temos do Português escrito, vemos que a maioria dos vocábulos que terminam em "**i**" são lidos instintivamente como oxítonos: **sucuri, aqui, saci**. Esta é uma tendência comprovada estatisticamente. Em **TÁxi**, portanto, o acento nos avisa de que esta palavra **não** segue o padrão, já que sua tônica não é a última. Examine os exemplos abaixo e verá que os vocábulos que recebem acento são os que contrariam a tendência normal:

doutor, amor, calor, vapor, compor	Mas **flúor**
doce, pobre, volte, grave, parede	Mas **você**

saci, **aqui**, **colibri**, **desisti**, **escrevi**	Mas **táxi**

Com base nesse princípio muito simples – **assinalar o inesperado, deixar sem marca o que é previsível** –, a Comissão de 1943, com sua lógica geométrica, passou a decidir quais são os vocábulos que precisam de acento. Isso foi feito através de regras que são aplicadas a determinados perfis de vocábulos, sem casos especiais ou exceções:

(1) – Como o tipo de vocábulo mais frequente do Português são os paroxítonos terminados em **A(s)**, **E(s)**, **O(s)**, **EM** e **ENS**, estes ficaram **sem** acento. Inversamente, todos os que tiverem outros finais (**i, um, ã, l, r, ps**, etc.) ficaram **com** acento. É por isso que escrevemos **tolo, cera, coroa, totem, vezes, doce, gelo, deve** (sem acento), mas **hífen, ônix, flúor, ímã, órgão, ravióli, álbum** (com acento). Esta distribuição de acento nos **paroxítonos** vai determinar o acento dos **oxítonos**, classe muito menos importante:

	Final **A**(s), **E**(s), **O**(s), **EM**, **ENS**	O resto
PAROXÍTONOS	sem acento	com acento
OXÍTONOS	com acento	sem acento

(2) – Todos os **proparoxítonos** recebem acento gráfico para assinalar que a sílaba mais forte é a antepenúltima; caso contrário, a tendência normal seria lê-las como **paroxítonos**:

médico   pólvora   intrépido   víramos

Aqui se incluem os paroxítonos terminados em **ditongo crescente** (-ie, -ia, -uo, -ua, etc.): **série, água, mágoa, núcleo, história**. Devido à elasticidade dos ditongos crescentes na fala, essa sílaba final pode (repito: **pode**), numa pronúncia mais escandida, ser dividida em duas (/sé-ri-e/, /nú-cle-o), o que transforma essas palavras, na fala, em proparoxítonas. Alguns autores, inclusive, para assinalar o fato, dizem que essas palavras especiais podem ser chamadas de "proparoxítonas eventuais, acidentais ou relativas" – mas isso só diz respeito à acentuação, pois continuam a ser **paroxítonas**, como atesta a sua divisão em sílabas: **sé-rie, nú-cleo, his-tó-ria**.

(3) – Em seguida, o sistema de 1943 contemplava com acento gráfico alguns **encontros vocálicos** (hiatos e ditongos) cuja pronúncia a Comissão julgou necessário assinalar: os ditongos abertos **éi, éu** e **ói** (**herói, geléia**); os (raríssimos) hiatos **êe, ôo** (**zôo, crêem**); e os hiatos em que o **I** e o **U** formam sílaba sozinhos ou juntamente com **S** (**saúde, caímos, caíste**). O recente acordo, assinado em 1990, manteve as

mesmas regras de 1943, mas suprimiu o acento nos hiatos **EE**, **OO** (**vôo** e **lêem**, por exemplo, passam a **voo** e **leem**) e retirou – apenas nas paroxítonas! – o acento dos ditongos abertos (**idéia** e **heróico**, por exemplo, passam a **ideia** e **heroico**; **céu** e **anéis**, contudo, continuam acentuados).

Críticas cabíveis ao sistema de acentuação

Apesar do sistema ter uma lógica interna consistente, ele peca por se basear num falso princípio. Aqui reside exatamente o calcanhar de Aquiles de nosso sistema de acentuação: ele parte da ideia equivocada de que a escrita teria supremacia sobre a fala, imaginando um falante que primeiro vai ver como uma palavra está escrita para então saber como deverá pronunciá-la. Ora, qualquer falante, em princípio, conhece a pronúncia dos vocábulos que estão a seu alcance, sem que seja necessário indicar-lhe, por meio de um sistema de sinais, qual a sílaba predominante – um exemplo eloquente é o Inglês, que vive muito bem sem os acentos.

Além disso, a grafia não tem valor normativo sobre a maneira de pronunciar os vocábulos, já que é ela que depende da fala, e não vice-versa. Basta ver que no mundo letrado subsistem discussões sobre como se devem pronunciar determinadas palavras;

debate-se qual a sílaba tônica de **xerox**, se a vogal de **colmeia** é aberta ou fechada, se o **S** de **subsídio** soa como em **subsetor** ou como em **obséquio**, etc. Aliás, a resposta a algumas dessas perguntas trará diferentes consequências para sua grafia: vou escrever **xerox** ou **xérox**, dependendo da sílaba que eu considere tônica. Não poderia deixar de ser assim, já que a escrita não passa de uma tentativa de representar graficamente a fala e, portanto, vem depois dela. Deste modo, quando ponho – ou deixo de pôr – o acento em **xerox**, o que estou fazendo, na verdade, é manifestar a minha posição quanto à sua pronúncia. Nada mais.

É verdade que algumas (poucas) vezes o acento serve para desambiguizar a leitura: "ele não **pode** sair" é diferente de "ele não **pôde** sair", e "vou **por** aqui" não é igual a "vou **pôr** aqui". No entanto, na maioria dos casos, a própria frase se encarrega de tornar supérfluo o acento, mesmo em palavras com a mesma grafia: "ele nunca **medica** sem antes fazer um exame completo do paciente" e "ela é a **médica** mais importante da equipe"; "não **contem** comigo" e "a caixa **contém** uma grosa de lápis", e assim por diante.

Ora, para quem foram, então, concebidos os acentos? Para um tipo muito especial de pessoa: aquela que quer saber como se diz uma palavra e vai ao dicionário para encontrar ali a recomendação, ou que leu uma palavra que desconhecia e quer começar a utilizá-la em sua fala usual. É em nome desses raros cidadãos que todos os que escrevem em Português necessitam utilizar o sistema gráfico de acentuação, mesmo naquelas palavras cuja pronúncia é conhecida por todos, até por coerência da regra. Como nos exemplos acima, se **táxi**, **café** ou **dólar** vierem sem acento, não vai haver a leitura instintiva de /taXI/, /CAfe/, /doLAR/. No entanto, apesar de desnecessário, elas vão ser acentuadas, porque a regra não poderia ser aplicada a apenas algumas palavras, e não a todas.

De qualquer forma, acho que a solução mais racional seria suprimir totalmente os acentos gráficos (como no Inglês); a Comissão que trabalhou no novo Acordo Ortográfico, contudo, foi perdendo aos poucos a coragem para dar este passo radical, mas definitivo, e acabou introduzindo apenas algumas mudanças cosméticas no modelo que a Comissão de 1943 tinha elaborado. Não adiantou nada.

Mudanças introduzidas pelo Acordo

As regras que vão ser alteradas são poucas e, excetuando-se a supressão do trema, abrangem um número muito restrito de vocábulos:

1. Os hiatos tônicos **ÊE, ÔO**, muito raros, recebiam acento na primeira vogal: **vôo, abençôo, relêem, dêem**, etc. O Acordo suprime esta regra: **voo, abençoo, releem, deem**.

2. Até agora acentuávamos os ditongos abertos **ÉI, ÉU, ÓI**, onde quer que eles estivessem: **jibóia, heróico, paranóia, geléia, idéia; réu, herói, dói, réis**. O Acordo só mantém esse acento nas palavras oxítonas: **réu, herói, dói, réis, troféu**; as paroxítonas ficam sem acento: **jiboia, heroico, paranoia, geleia, ideia, assembleia, apoiam**, etc.

3. Tendo em vista que a letra **U** – quando colocada entre **Q** e **E**, **Q** e **I**, **G** e **E**, **G** e **I** – pode ter **três** valores diferentes, utilizávamos um sistema tripartite que indicava claramente quando ela é **muda**, **tônica** ou **átona**: (1) se era **muda**, ficava sem marca (**quilo, guerra**); (2) se era tônica, levava acento (**argúi, argúem**); (3) se era átona, levava trema (**pingüim, agüenta**). O Acordo elimina esta regra inteirinha, escrevendo tudo sem acento ou trema: **quilo, guerra, argui, arguem, pinguim, aguenta**. O leitor certamente entenderá que estamos falando de **grafia**; a **pronúncia** das palavras não muda, nem pode mudar. Por isso, mesmo que se passe a escrever **linguiça** (assim, sem trema), o **U** continuará a ser pronunciado obrigatoriamente.

4. A regra de 1943 manda acentuar o **I** e o **U** tônicos quando vierem depois de vogal ou ditongo e estiverem sozinhos ou formando sílaba com **S**: **juízes, gaúcho, saíste, reúno, feiúra, baiúca**. O novo Acordo apenas suprime o acento quando a vogal vier **depois de ditongo decrescente**: continuamos a escrever **juízes, gaúcho, saíste** e **reúno**, mas passamos a escrever **feiura, baiuca, gaiuta, bocaiuva, reiuno**.

5. Dos poucos acentos diferenciais que sobreviveram à reforma de 1971, o novo Acordo poupa alguns e elimina outros. Caem (com toda a justiça) os absurdos acentos de **pêlo(s)**, **pélo**, **péla(s)**, **côa(s)**, **pólo(s)** e **pêra**, que não serviam para nada. Continua, como era de esperar, o acento de **pôr** e de **pôde**. O acento em **fôrma**, velha reivindicação de mestre Aurélio Buarque de Holanda, passa a ser facultativo; eu, de minha parte, sempre usei e vou continuar usando. O inexplicável foi a supressão do acento de **pára** (verbo), que vai fazer muita falta ("Você não para para pensar", etc.) e que, a meu ver, foi suprimido por absoluta falta de experiência linguística dos membros da Comissão.

Permanece inalterada, portanto, a regra das proparoxítonas (todas levam acento), bem como a das paroxítonas e oxítonas (ver quadro no próximo artigo – "item, itens").

item, itens

O sonho do professor: "Se eu ganhasse dez centavos cada vez que eu visse **item** ou **itens** escrito com acento, nunca mais precisaria trabalhar".

*Prezado Professor, gostaria que o senhor me elucidasse sobre o uso do acento nas palavras **item** (ou **ítem**) e no seu plural. Obrigado.*

Jansen W. – Santos (SP)

Meu caro Jansen, em todos os meus anos de magistério, sempre me fascinou a verdadeira compulsão que as pessoas têm de acentuar **item**, ou **itens**, ou ambos. Eu não hesitaria em eleger essas duas formas como o melhor exemplo para provar que há uma falha na maneira como o sistema de acentuação, criado em 1943, vem sendo transmitido a todos nós, os brasileiros que sabem escrever. As gramáticas e os livros didáticos geralmente apresentam os acentos numa sequência de regras que parecem ser arbitrárias e casuísticas, impedindo que os alunos (e muitos professores) percebam a límpida economia do sistema.

Consulte qualquer um dos bons livros didáticos que temos no mercado: você vai aprender que as **oxítonas** terminadas em **-a**, **-e**, **-o** (com ou sem **S** final), **-em** e **-ens** devem ser marcadas com acento gráfico, enquanto as **paroxítonas** acentuadas são as terminadas em **-ps**, **-ã**, **-ão**, **-r**, **-x**, **-l**, etc. – uma lista de finais exóticos e pouco comuns. Ora, falar sobre quais as oxítonas e quais as paroxítonas **são** acentuadas é deixar de perceber o caráter **binário**, **complementar** do sistema. O fundamental é sabermos que as palavras **paroxítonas** mais comuns, mais **numerosas** (e que, portanto, **não** devem ser acentuadas) são as terminadas exatamente em -**a**, -**e**, -**o**, -**em** e -**ens**. A partir daí, podemos estabelecer o seguinte quadro, que já vimos anteriormente, na página 78, mas que prefiro repetir em nome da clareza:

	Final **A**(s), **E**(s), **O**(s), **EM**, **ENS**	O resto
PAROXÍTONOS	não	sim
OXÍTONOS	sim	não

O quadro pode ser lido da seguinte maneira: as palavras mais frequentes de nosso idioma, que são as paroxítonas terminadas em **-a**, **-e**, **-o** (seguidas ou não de **S**), **-em** e **-ens** NÃO levam acento; o resto (uma miuçalha variada) leva. Consequentemente, o sistema fez valer o **inverso** para as **oxítonas**: as que têm esses finais vão ser acentuadas, enquanto o resto fica sem acento. É por isso que **casa, mestre, coroa, homem** ficam sem acento, enquanto **táxi, flúor, nível, látex** são acentuadas. E assim por diante (há uma pequena bateria de regras adicionais que vão, posteriormente, aplicar-se a alguns problemas específicos de ditongos e de hiatos – mas isso foge ao problema específico que estou tentando esclarecer neste artigo).

Seguindo essa linha de raciocínio, perceba que **homem** não é acentuado porque pertence a um grupo muito expressivo de vocábulos em nossa língua: as paroxítonas com o final **-em**. Elas formam um grupo de vários milhares de palavras, do qual fazem parte (1) os substantivos terminados em **-agem** (**selvagem, homenagem**); (2) as terceiras pessoas do plural de vários de nossos tempos verbais (**fazem, estudem, fiquem, voltarem**); (3) um grande número de substantivos e adjetivos com **-m** final (**homem, jovem, nuvem, virgem**); etc. Ora, se uma pessoa (e quantas existem!) sente a tentação de colocar um acento em **item**, só posso concluir que ela não percebeu ainda como funciona o sistema. Na verdade, ela está sonhando com uma regra que deixe sem acento **homem, trazem, nuvem** e **virgem**, mas que acentue – o que seria, agora sim, uma odiosa exceção! – o vocábulo **item**. Felizmente isso não é possível em nosso sistema. Se uma palavra leva acento, todas as similares também levam (o inverso também é verdadeiro). Portanto, **item** não tem acento, assim como **itens**. Não têm e nunca tiveram; se escrevêssemos ***ítem**, ***ítens**, como muita gente gostaria, teríamos de escrever também ***hômem**, ***hômens** (o asterisco indica uma forma errada).

acentuação das paroxítonas

*Olá, professor Cláudio. Escrevo-lhe para tirar uma dúvida sobre acentuação gráfica. Achei ótima a sua tabelinha sobre as palavras paroxítonas e oxítonas e, de fato, comecei a usá-la para simplificar as tais regras de acentuação, até o momento em que percebi que todas as formas verbais como **falam**, **falaram**, **falavam**, **comeram**, **abriram** não levam acento, é claro! O que se pode fazer? Colocar uma observação especial para as terminadas em **-am**, ou é a regra toda que deve ser repensada, pois talvez ainda haja outros casos que não foram contemplados?*

Valentina V. – Roma.

Prezada Valentina, aquele quadro que construí tem por base um sistema binário, como você percebeu. O **sim** se opõe ao **não**, e vice-versa. As paroxítonas mais comuns – e, portanto, **sem** acento – são as terminadas em **-a**, **-e**, **-o** (seguidos ou não de **-S**), **-em**, **-ens**, o que nos leva a acentuar as oxítonas com as mesmas terminações.

Agora chegamos ao seu problema: é claro que há também centenas de paroxítonas terminadas em **-am** (especialmente, como você mesma diz, nas terminações verbais da 3ª pessoa), mas não podemos incluir este final no nosso quadro porque, sendo ele binário, pressuporia que as oxítonas com igual terminação tivessem acento, o que não ocorre. A formulação (errônea) ficaria assim:

	a(s), e(s), o(s), em, ens, **am**	o resto
PAROXÍTONAS	não	sim
OXÍTONAS	sim	não

Por isso, nas minhas aulas (eu ainda leciono regularmente), depois de apresentar o quadro, explico que as paroxítonas terminadas em -am também não são acentuadas (pelo mesmo motivo estatístico), mas não cabem na oposição binária que construí. É só isso; é pena, mas nem sempre os fatos cabem dentro das teorias. Se não fosse pelo final -am, o binarismo seria perfeito; assim mesmo, ainda o considero uma eficiente ferramenta para o usuário entender o princípio fundamental de nossa acentuação gráfica e perceber que o sistema não é tão arbitrário ou caótico como querem seus detratores.

> *Caro professor Cláudio, muito obrigada pela rápida resposta. Eu também ensino Português, mas para italianos (em Roma). A sua tabela é de grande ajuda, já que permite aposentar aquela tal das paroxítonas terminadas pelas iniciais de "ROUXINOL", que, aliás, não faz sentido para alunos estrangeiros! O curioso é que nenhuma gramática, dentre as que consultei, menciona esses casos dos verbos terminados em **-am**, um número expressivo de palavras.*
>
> Valentina V. – Roma

Prezada Valentina, o motivo é simples: as gramáticas não trabalham com os vocábulos que **não** têm acento; preferem, isso sim, relacionar apenas os finais dos vocábulos que são acentuados. Eu passei minha vida de estudante memorizando a relação das paroxítonas que **levam** acento (aquela lista enorme), convicto de que nosso sistema ortográfico era um amontoado inexplicável de casos particulares e de exceções. Quando percebi a beleza do sistema, já tinha começado a lecionar na Graduação em Letras e fiz questão de divulgá-la para todos os futuros professores que foram meus alunos. Devo ter plantado muitas sementes, mas, pelo que percebo pelas perguntas dos leitores, a maior parte dos professores brasileiros ainda se limita a repetir aquela execrável lista de terminações.

qual a regra mais difícil de pegar

Professor, eu posso mais ou menos me considerar uma colega sua, porque também leciono Língua Portuguesa numa escola municipal de minha cidade. Por isso, gostaria de saber, com a experiência que o senhor tem, qual é o seu palpite: qual das regras de acentuação vai ser mais difícil de "pegar", isto é, vai ser mais desrespeitada nos primeiros dias (meses?) da Reforma?

Lucinda V. W. – Ribeirão Preto (SP)

Prezada Lucinda, não tem nada de mais ou menos; para mim, empunhou o giz, enfrentou a lousa, então é colega. Quanto à sua pergunta, você sabe muito bem que as regras que foram alteradas (caem o trema e o acento agudo no **U** depois do **G** e do **Q**, o acento agudo no ditongos abertos **ÉI**, **ÉU** e **ÓI**, e o acento circunflexo nos hiatos **ÔO** e **ÊE**) já não eram muito populares, mesmo; muita gente simplesmente não usava o trema, por exemplo, e nem vai sentir a mudança. Fora o hífen – este sim, um caso sério, que ainda aguarda regulamentação por parte da Academia e que vai dar muitíssimo pano para manga –, o maior problema de adaptação que eu pressinto, por parte dos usuários, é essa regra caprichosa que tira o acento dos ditongos abertos nas **paroxítonas** mas o mantém nas **oxítonas**: **heroico**, mas **herói**; **geleia**, mas **anéis**; **joia**, mas **sóis**; e assim por diante. Melhor teria sido tirar o acento de todas, ou conservá-lo em todas.

acento em nomes próprios

Nome próprio também leva **acento**, ou é grafado à vontade do dono? O Professor esclarece essa delicada questão.

*Olá, Professor, gostaria de saber se os nomes próprios precisam realmente levar acento. Por exemplo, **Claudio**, pela regra, deveria ser acentuado, mas em alguns casos isso não acontece. Por quê?*

Vanessa F. – Rio de Janeiro (RJ)

Minha cara Vanessa, os nomes próprios estão sujeitos às mesmas regras de acentuação que os nomes comuns. **Cláudio**, **Sérgio**, **Flávio**, **César**, **Aníbal**, **Félix**, **Dóris**, **Zilá**, **André** – todos são acentuados. Ocorre que a lei permite ao cidadão portar (se ele quiser – e se ele aguentar!) o nome da maneira como foi registrado. Ora, como os acentos que conhecemos foram introduzidos pela Reforma de 1943, muitos **Claudios**, **Sergios**, etc. nascidos antes dessa data escrevem lá à sua maneira – da mesma forma que também se vê a grafia **Cezar**, **Luiz**, **Suzana**, que hoje se escrevem com **S**.

A alteração do nome para sua forma correta pode ser requerida ao Judiciário, num processo relativamente simples. Esse recurso, no entanto, não me parece necessário se o problema for simplesmente o **acento**: quem foi registrado sem o acento devido, ou com um acento desnecessário, pode corrigir por conta própria a grafia de seu nome, pois isso não é um detalhe que prejudique a sua identificação civil em documentos. Por exemplo, se meu pai e minha mãe não tivessem posto o acento no meu **Cláudio**, eu o poria por mim mesmo, e ninguém poderia alegar que "na certidão está sem acento". O acento **não** é levado em conta na caracterização do nome do indivíduo; por isso, o melhor é sempre acentuar de acordo com a regra de acentuação que estiver vigorando, independente do registro civil.

Note que isso também vale para o **futuro**: se um dia os acentos vierem a ser eliminados do nosso sistema ortográfico (a esperança é a última que morre!), nessa mesma data deixarei de usar o meu acento no **A** de **Cláudio**. Já vimos isso: quando foi adotado o sistema de 1943, o nome da cidade de **Porto Alegre** passou a ser grafado com o acento circunflexo diferencial: **Pôrto Alegre**. Em 1971, esse infeliz acento foi eliminado, e voltamos a escrever **Porto Alegre**. Vale o que estiver vigendo na hora de escrever.

acento em verbo com pronome

Se **comprá-lo**, **vendê-lo** e **destruí-lo** têm acento, por que **parti-lo** não tem?

Caro Professor, quando devo acentuar a última sílaba de um verbo, antes do hífen? Por exemplo: o que determina ser **abraçá-la** *ou* **abraça-la**; **destruí-lo** *ou* **destrui-lo**? *Quais seriam as regras para construções desse tipo?*

Vívian C. – Volta Redonda (RJ)

Minha cara Vívian, este hífen é considerado um sinal que indica o fim de um vocábulo; logo, qualquer vocábulo com hífen tem duas partes distintas (**antes** e **depois** desse sinal). Nos verbos com **pronomes enclíticos**, devemos descartar o pronome e ficar apenas com o **verbo**, já que este é o vocábulo que será levado em conta pelas regras de acentuação. **Comprar**, **perder**, **repor**, **partir** e **construir** não recebem acento por não se enquadrarem na regra das oxítonas (terminam em **R**). Quando essas formas perdem o **R** devido ao acréscimo do pronome enclítico, no entanto, devem ser reexaminadas quanto à acentuação. **Comprá**-lo, **perdê**-lo, **repô**-lo e **construí**-lo ganham acento, enquanto **parti**-lo não (como **vatapá**, **você**, **avô** e **açaí**, de um lado, e **saci**, do outro).

coco e cocô

Ao contrário do que muita gente pensa, o acento de **coco** – que não existe mais – nada tinha a ver com o popular **cocô**.

*Professor, desde que aprendi a escrever me ensinaram que deveria escrever **côco** com acento circunflexo no primeiro **O**, para diferenciar de **cocô**. Porém, tem gente que diz que eu estou errada ao acentuar essa palavra, dizendo que já não se usa mais. Eles estão tentando derrubar algo que já virou uma convicção que trago desde o Ensino Fundamental! Afinal, como é que se escreve o fruto do coqueiro?*

Elisa M. F.

Minha cara Elisa, a maneira como escrevemos as palavras do Português tem como base o Acordo Ortográfico de 1943, com as pequenas modificações introduzidas em 1971 e em 1990; a consolidação desses textos constitui o sistema que o brasileiro médio chama respeitosamente de "ortografia oficial", atribuindo-lhe uma infalibilidade maior do que a do Papa. Os estudiosos sabem que ele não é tão oficial nem tão infalível assim; prefiro, contudo, discutir isso noutra ocasião, que não sou homem de mexer em abelheiro e sair correndo.

Quando o Acordo de 1943 entrou em vigor, muitos dos brasileiros que já tinham sido alfabetizados ficaram com uma sensação natural de insegurança, uma vez que perceberam que o sistema que tinham estudado na escola havia sido substituído por outro. Quem escrevia **theatro, commercio** e **pharmacia**, por exemplo, teve de aprender as novas formas **teatro, comércio** e **farmácia**. Se as pessoas têm dificuldade em assimilar uma nova moeda (cruzeiros, cruzados, reais, etc.), podemos imaginar o quanto mais vão ter, tratando-se de algo muito mais complexo, como é um sistema ortográfico...

Pois bem, o Acordo de 1943 instituiu o equivocado **acento diferencial** para desmanchar aqueles pares de vocábulos homógrafos ("que se escrevem da mesma forma") cuja diferença, na pronúncia, repousa na oposição entre **E/O fechado** e **E/O aberto**. A partir daquele ano, desapareceu essa homografia, porque passou a escrever-se **gêlo, almôço, pôrto, sêde**, diferentemente de **gelo**, **almoço**, **porto** e **sede** – e aqui entrou o **côco**, acentuado para distinguir de **coco** (do verbo **cocar**; nunca usei, mas existe). Isso nada tem a ver com o acento de **cocô** (oxítona terminada em **O**, como **vovô** ou **camelô**); aliás, se não existisse o vocábulo **cocô** (os nenês portugueses dizem **cocó**...), assim mesmo o Acordo de 1943 manteria o acento de **côco**, indicando que o **O** aqui é fechado.

Acontece que o acento diferencial, na prática, revelou-se inútil e extremamente perturbador do sistema ortográfico – a tal ponto que a única alteração introduzida, de 1943 até 1990 (friso: foi a **única** vez que se alterou a regra ortográfica antes de chegarmos à atual Reforma, embora muitos de meus leitores jurem que houve inúmeras mudanças, deste então!) – repito, a única alteração foi feita em **1971**, eliminando-se esse malfadado acentinho, voltando os vocábulos a ser homógrafos: "eu estou com **sede**" e "leve isso à **sede** do sindicato"; "está faltando **gelo**" e "eu **gelo** a cerveja com o extintor" (é técnica de emergência...); "na hora do **almoço**" e "eu **almoço** sempre com meus filhos". Pelos exemplos que dou, você pode ver que o contexto normalmente se encarrega de esclarecer qual dos dois vocábulos está sendo empregado. Foi aqui que o **coco** perdeu o acento.

Ora, embora mínima, a Reforma de 1971 era também uma mudança, e ocasionou os problemas já conhecidos: quem já tinha introjetado o sistema de 1943 passou a sentir-se inseguro, não sabendo exatamente até que ponto ele tinha sido modificado. Imagine como se sente um bravo brasileiro que nasceu em 1930: aprendeu a escrever lá por 1940; em 1943, tudo mudou; vamos supor que, com esforço e persistência, ele tenha conseguido atualizar-se, só para ver, estarrecido, nova mudança em 1971; quando já estava acostumando a ela, veio o Acordo de 1990... Pobre diabo!

Vou dar uma de Sherlock Holmes: se a sua professorinha ensinava **côco** com acento, deduzo que você entrou na escola **depois** de 1943 e que a deixou **antes** da reforma de 1971 (sem ter sido apresentada ao novo **coco** desacentuado). Não estou certo?

Para seu consolo, fique sabendo que você não é a única a errar: milhares de pessoas, alfabetizadas antes de 1971, continuam a usar o circunflexo nesses vocábulos. Desafio alguém a encontrar um depósito de **gelo** sem acento, ou algum produto alimentício feito com **coco** sem acento – são verdadeiras raridades! Por essas e por outras, minha cara Elisa, é que sinto vontade de esganar qualquer um desses inconsequentes que defendem a nova reforma ortográfica! Eles realmente não sabem o que fazem; só alguém completamente divorciado da realidade de nosso pobre país pode pensar em tamanha asneira!

fluido ou fluído

> Afinal, devemos trocar o **fluido** ou o **fluído** do freio? A sala está cheia de maus **fluidos** ou **fluídos**? Qual é a maneira certa de escrever e pronunciar essa palavra?

*Caro Professor, afinal, a gente escreve **fluido** ou **fluído**? Eu pensava que só existia o segundo, mas a professora ensinou que o certo é o primeiro. Agora fiquei sabendo que existem os dois. Como é que eu fico?*

Carla C. – Botucatu (SP)

Prezada Carla, estamos falando de dois vocábulos diferentes, com sentido e grafia também diversos.

1) O primeiro, **fluido**, tem o **U** tônico e divide-se em duas sílabas (/flui-do/), com a primeira sílaba pronunciada como **fui** ou **Rui**. Se você se lembra de seu tempo de colégio, o **ui** é um **ditongo**. Este vocábulo tem o sentido genérico de "líquido": mecânica dos **fluidos**, **fluido** de freio; "a Aids se transmite pela troca de **fluidos** do corpo". Modernamente, acho que passou também a significar algo meio invisível e misterioso; pelo menos, é o que sugere o uso que dele fazem as pessoas místicas: "nesta sala há maus **fluidos**", "podem-se perceber os bons **fluidos**", etc. Em todos

os exemplos acima, é classificado como **substantivo**; às vezes é usado como **adjetivo** (ainda com o mesmo sentido de "líquido"): "estava muito quente, e o mel ficou mais **fluido**". Ou no início do poema *Antífona*, de Cruz e Sousa:

> Ó Formas alvas, brancas, Formas claras
> De luares, de neves, de neblinas!
> Ó Formas vagas, **fluidas**, cristalinas...
> Incensos dos turíbulos das aras.

2) O segundo, **fluído**, tem o "**í**" tônico; é uma palavra de três sílabas (/flu-í-do/). É o que chamamos de **hiato**. Aliás, é exatamente por ser um hiato que o "**í**" precisa levar esse acento gráfico. Agora estamos diante do particípio do verbo **fluir** (correr, transcorrer), formado da mesma maneira que **caído** (de **cair**) e **saído** (de **sair**): "as horas tinham **fluído** sem que nós nos déssemos conta"; "todo o óleo tinha **fluído** para o chão da garagem". Note que os dois vocábulos são diferentes na **pronúncia**, na **grafia** e no **sentido**.

No entanto, nove entre dez brasileiros não distinguem um vocábulo do outro, pronunciando /flu-í-do/ em ambos os casos. Em geral, as pessoas dizem "**flu-í-do** de freio", "mecânica dos **flu-í-dos**", "maus **flu-í-dos**". Isso acontece porque há uma forte tendência popular em mudar a prosódia de termos como **gratuito**, **circuito**, **fortuito**. Em muitas rádios já se ouve "entradas gratu-I-tas", "curto-circu-I-to", com o **I** tônico – o que é um contra-senso, porque, se fosse tônico, deveria levar o mesmo acento de **ruído** e **caído**. Este é o processo que está agindo sobre o **fluido**, levando as pessoas descuidadas a pronunciá-lo da mesma forma que o particípio **fluído**. Devemos evitar essa confusão; note que não estou falando apenas de algum detalhe secundário que eu, reacionariamente, esteja tentando preservar, mas sim da **diferença entre dois vocábulos distintos**, o que não é pouca coisa.

câmpus e outras expressões latinas aportuguesadas

Em Latim, **o *campus*** e **os *campi***; em Português, **o câmpus** e **os câmpus**.

*Prezado Professor, no **Manual de Redação e Estilo**, editado pelo O Estado de S. Paulo, temos **o câmpus, os câmpus**. Mas é habitual nas universidades ver, ler e ouvir **o campus, os campi**. Qual o correto, professor?*

Prof. Marcos Fernando

Meu caro Marcos, essa é uma daquelas palavras mutantes que se encontram numa espécie de limbo entre o Latim e o Português. Alguns a usam no Latim, dando-lhe a grafia e a flexão latina: **o** *campus*, **os** *campi*; outros já a tornaram nossa, grafando-a como outros vocábulos latinos similares (**ônus**, **ângelus**, **íctus**, **múnus**, **tônus**, etc. – já dentro de nosso sistema flexional e ortográfico). Eu sempre aconselho o uso da forma evoluída **câmpus**, já que a outra pressupõe conhecimento do Latim (que a maioria de nosso público acadêmico infelizmente não tem) e acarreta complicações desnecessárias na forma de escrevê-la (como não é Português, deve vir sempre em **itálico** ou **sublinhada**). O Inglês, muito menos flexível que nossa língua, vive às turras com esses plurais latinos: *datum*, *data*; *memorandum*, *memoranda*; *erratum*, *errata*; *agendum*, *agenda*; etc. Nós, que usamos o Português, filho direto do Latim, temos a tendência de deixar a palavra entrar no nosso sistema flexional, já que ela é mesmo de casa: **o memorando**, **os memorandos**; **a errata**, **as erratas**. Você quer saber mais? Acho que deveríamos estender isso a **córpus**, com todas as pompas: **o córpus**, **os córpus** (abandonando o *corpus*, os *corpora*, com sua incômoda flexão latina).

fôrma, forma, forminha: os acentos nos diminutivos

> Se usarmos, como propõe o **Aurélio**, o uso do acento para diferenciar **fôrma** de **forma**, como fazemos para distinguir entre seus diminutivos?

*Caro Professor, tentei solucionar minha dúvida no **Aurélio**, mas não consegui. O acento diferencial existe no caso da palavra **forma** (jeito, maneira) e **fôrma** (utensílio de cozinha). A minha dúvida é no diminutivo de **fôrma**. O correto é **fôrminha** ou **forminha**?*

Sandra A. – São Paulo (SP)

Minha cara Sandra: para começar, o acento de **fôrma**, considerado opcional pelo atual Acordo, foi uma conquista do velho Aurélio (o homem, e, por consequência, também seu dicionário). Ele achava que esse acento deveria ter sido poupado pela Reforma de 1971 (e não foi!), porque ele é fundamental para distinguir **forma** (/fórma/) de **forma** (/fôrma/) – com o que, aliás, também concordo. Em textos de Metalurgia, de Prótese Dentária, de Artes Plásticas, de Culinária, os vocábulos **forma** e **fôrma** se confundiriam miseravelmente sem o auxílio do famigerado "chapeuzinho". No famoso poema *Os Sapos*, de Manuel Bandeira, que se tornou um dos manifestos da Semana de Arte

Moderna, se o acento não fosse usado, ficaria o leitor sem entender a acusação que Bandeira faz contra os poetas parnasianos:

> Vai por cinquenta anos
> Que lhes dei a norma:
> Reduzi sem danos
> A **fôrmas** a **forma**.

Coerente com sua opinião, o dicionário de Aurélio sempre trouxe **fôrma** com acento, incluindo, no verbete, uma longa e satisfatória justificativa dessa sua insubordinação contra a decisão da Academia, que agora, finalmente, reconhece como válida a sugestão do velho professor. No diminutivo, porém, a coisa muda: o acréscimo do sufixo -**inho** (como, de resto, a maioria dos sufixos) vai alterar a sílaba tônica da palavra. Se em **fôrma** a tônica é /for/, em **forminha** passou a ser /mi/ – o que torna impossível deixar o acento diferencial em cima do **O**. É importante lembrar que **nenhum acento persiste** depois do acréscimo do sufixo diminutivo: **só**, **sozinho**; **café**, **cafezinho**; **chá**, **chazinho**; **árvore**, **arvorezinha**. Em ambos os casos, portanto, fica **forminha** – o mesmo que se verifica em pares como **pezinho** (de **pé**) e **pezinho** (de **pê**, o nome da letra); ou **boizinho** (de **boi**) e **boizinho** (de **bói**, aportuguesamento de *boy*).

quê?

Quando e por que devemos acentuar o vocábulo **que**.

*Caro Professor, na frase "Tudo o **que** você põe na sua casa, menos o cansaço", este "que" deve ser acentuado? Sei que, no final da frase, ele tem acento ("Não sei bem **por quê**"), mas nesse caso fiquei em dúvida.*

Sandra V. M. – Canoas (RS)

Minha cara Sandra, este "que" não tem acento. Você sabe que esta partícula – seja ela pronome, seja conjunção – é apenas um **monossílabo átono**, assim como **se**, **lhe**, **me**, etc., escapando, portanto, à regra de acentuação (que, por razões óbvias, só diz respeito aos vocábulos **tônicos**). Para que ela receba o circunflexo, é indispensável que ela se torne **tônica**, passando então a fazer parte daquele grupo integrado também por **lê**, **crê**, **dê**, **vê**, entre outros.

Essa mudança na tonicidade vai ocorrer em duas situações: em primeiro lugar, quando o "que" se encontra **no final da frase** (refiro-me à **fala**, não à **escrita**):

– Obrigado! Não há de **quê**.
– Não há de **quê**, amigo.

– Você está falando do **quê**?

– Quero pagar, mas não tenho com **quê**.

Em segundo lugar, quando o "que" tornar-se um substantivo (admitindo, nesse caso, o plural). Isso acontece quando ele passa a ser o núcleo de um sintagma, antecedido daqueles vocábulos que habitualmente acompanham os substantivos: artigos, numerais, pronomes possessivos, pronomes indefinidos ou pronomes demonstrativos adjetivos:

– Ela tinha um **quê** de fascinante.

– Esta cidadezinha tem lá os seus **quês**.

No entanto, em frases como "tudo **o que** você fez", "não sei **o que** queres", este **O** não é um artigo, mas um pronome demonstrativo substantivo (equivalente a **aquilo**: tudo **aquilo** que você fez), que não vai alterar a tonicidade do "que".

Um antigo gramático sugeria a seguinte maneira prática de distinguir o "que" tônico do átono: quando ele é **átono**, o falante pode pronunciá-lo como /kê/ ou /ki/ (com preferência esmagadora pela segunda forma); quando ele é **tônico**, só pode pronunciá-lo como /kê/. Seguindo esse útil critério, o fato de podermos dizer "tudo o /ki/ você fez" reforça o que já sabíamos: esse "que" é átono.

Detalhe: quando o vocábulo estiver substantivado em metalinguagem – isto é, quando estivermos falando dele, como ocorreu várias vezes nas linhas acima –, não devemos acentuá-lo, mas grifá-lo ou colocá-lo entre aspas, como fiz.

grafia do nome **Júlia**

*Prof. Moreno, numa resposta anterior, o senhor afirmou que devemos escrever **Júlia** com acento. Porém, gostaria de saber se, com a aprovação das novas regras ortográficas, este nome continua a ser acentuado. Muito obrigada!*

Karla D. – Brasília

Prezada Karla, as novas regras não alteraram a acentuação das paroxítonas terminadas em **ditongo crescente**, como **Mário**, **água**, **história**, **Júlia**, etc. Como você bem sabe, tanto a regra de 1943 quanto a atual consideram necessário marcar essas palavras com acento por causa da instabilidade intrínseca dos **ditongos crescentes**: numa pronúncia silabada, eles facilmente podem se desfazer, o que resulta no incremento de uma sílaba após a tônica. **Júlia**, por exemplo, tem duas sílabas na escrita (**Jú-lia**) e duas na fala (/jú-lia/), mas nada impede que, numa pronúncia escandida, ela passe a ter **três** (/jú-li-a/) – o que a tornaria, neste momento, uma **proparoxítona**. Para distinguir estas palavras das verdadeiras proparoxítonas, os gramáticos costumam chamá-las de **proparoxítonas eventuais**, **relativas** ou **aparentes**. Este acento continua.

O trema não vai fazer falta?

*Caro Professor, sei que o acento gráfico é usado para indicar os casos em que a pronúncia do vocábulo vai contra o que seria sua pronúncia "natural". Correto? Então, como vamos fazer com as palavras que tinham o trema para sinalizar que o **U** era pronunciado? Se seguirmos o padrão de palavras como **preguiça** ou **enguiço**, **linguiça** vai acabar sendo pronunciada da mesma maneira. É claro que falantes nativos sabem que o **U** de **linguiça** tem som, mas como ficam os aprendizes de Português como língua estrangeira?*

Daniela Santos – Montevidéu, Uruguai

Minha cara Daniela, os falantes não-nativos vão ter de consultar o dicionário para saber se o **U** é ou não pronunciado (como fazemos com os vocábulos do Inglês, por exemplo); para os nativos, como percebeste, a ausência do trema não vai atrapalhar.

Na verdade, os acentos de uma língua sempre interessaram muito mais aos estrangeiros; a prática de usá-los sobre as vogais escritas foi introduzida na Grécia por um bibliotecário de Alexandria, quando o

Grego se tornou a língua da cultura de toda a bacia mediterrânea. Como grande parte dos novos leitores não conhecia a prosódia daquela língua, ele teve a idéia de assinalar a sílaba tônica por meio de pequenos sinais diacríticos, inventando, assim, a acentuação gráfica.

É exatamente por isso que sempre critiquei a atual Reforma Ortográfica por ter mexido apenas em **alguns** acentos; na minha óptica, ou deixávamos como estava, ou evoluíamos radicalmente, eliminando **todos** os acentos do idioma. O que fizeram foi desfigurar um sistema que estava funcionando, em nome de uma utópica (e impossível) unificação do Português.

pôr (verbo)

*Caro Prof. Moreno, li recentemente um de seus livros e hoje fui conferir o seu site. Gostei muito de ambos! Tenho uma dúvida quanto à grafia de **por** no sentido de "colocar". Este verbo leva acento circunflexo ("**pôr**") ou não? Já li frases como "Fulano vai **pôr** fim às tentativas de roubo...". Está certo assim, ou deveria ser sem acento, como ocorre com **coco**, **sede**, **gelo**, etc., desde a pequena reforma ortográfica de 1971?*

Rosalvo M. Júnior

Meu caro Rosalvo, toda vez que você for escrever o verbo **pôr**, deve usar o acento circunflexo. Este vocábulo só não vai receber acento quando for **preposição**: "Ela fez isso **por** você". **Pôr**, **pára** (do verbo **parar**) e **pôde** estão entre os raros acentos diferenciais que são realmente úteis, e por isso sobreviveram, em 1971, àquela reformazinha que eliminou os acentos diferenciais – **gelo**, **coco**, **almoço**, **medo** e muitos outros. A atual reforma eliminou, incompreensivelmente (por que é muito útil), o acento de **pára**, mas conservou, num rasgo de sensatez, o circunflexo do verbo **pôr**. Ele foi mantido, aliás, porque é indispensável para orientar a leitura correta da frase. Comparando, por exemplo, "Vou **por** aqui" com "Vou **pôr** (colocar) aqui", você vai perceber a sua utilidade.

Guaíra ou **Guaira**?

*Professor Moreno, num manual de ortografia na internet vi que **Guaíra**, o nome da minha cidade, passará a ser escrito **sem** acento, pois a Reforma aboliu o acento do **I** e do **U** tônico depois de **ditongo**. Ele deu como exemplo **feiura** e **bocaiuva**, mas não me parece ser exatamente o mesmo caso. O senhor confirma?*

Klésio W. – Guaíra (PR)

Meu caro Klésio, **Guaíra** vai continuar com seu tradicional acento. Quem redigiu aquele manual cometeu um pequeno equívoco ao interpretar a regra que retira o acento que colocávamos em **bocaiuva** e de **baiuca**. Não o culpo, pois o Acordo usa o conceito de **ditongo** de forma muito imprecisa; é necessário ler o texto todo, com muita atenção, para perceber que ele, quando fala de **ditongo**, está se referindo exclusivamente aos **ditongos descrescentes** – aqueles que apresentam a semivogal **depois** da vogal (**ai**, **ei**, **oi**, **ui**; **au**, **eu**, **iu**, **oi**).

Aliás, é por isso que **feiura** e **baiuca** nunca deveriam ter sido incluídos na regra que acentua **saúde**, por exemplo. Nesta, o /u/ é tônico, vem depois da vogal /a/ (há um **hiato**, portanto) e está sozinho na sílaba. Em **feiura**, contudo, o /u/ é tônico mas vem depois de uma **semivogal**, o que, por si só, já deveria impedir que a regra se aplique. Assim, além de **feiura** e **baiuca**, "perderam" também o acento **gaiuta**, **boiuno**, **cauila**, **Sauipe**, **reiuno**, **guaraiuva**, **Ipuiuna**, **seiudo**, entre outros. Como você pode ver, o Acordo apenas providenciou para que um erro histórico fosse corrigido. Desses, só escapam os oxítonos: **Piauí**, **teiú**, **tuiuiú**.

Em casos como **Guaíra** ou **suaíli**, contudo, que são ditongos **crescentes**, o /i/ tônico está contíguo à **vogal** /a/, não a uma semivogal (/gu**a-í**-ra/, /su**a-í**-li/), e a regra encontra as condições necessárias para ser aplicada. Isso também vale para **Guaíba**, **jatuaúba**, **biguaúna**, **tatuaíva** e mais uma meia dúzia de vocábulos de origem indígena.

tem e têm, vem e vêm, lê e leem

Como fica o verbo **conter** na 3ª pessoa do plural? Eles **contém**, **contêm** ou **conteem**? Existe alguma lógica aqui, ou é pura loucura?

*Caríssimo Professor, como funciona a acentuação e grafia corretas dos verbos **ter** e **conter**? Ele **tem** um carro, mas eles **têm**, **teem** ou nenhum dos dois? Isto **contém** aquilo? E no plural? Qual a regra?*

Lea – Rio de Janeiro (RJ)

Minha cara Lea: não me admiro que você pergunte sobre essas duas formas verbais: são casos especialíssimos, ortográfica e morfologicamente. A comissão que tratou de nossos acentos, em 1943, procurou – e conseguiu na grande maioria das vezes – criar regras que tivessem um valor geral e fossem aplicáveis a todo e qualquer vocábulo que se enquadrasse em determinado perfil prosódico e ortográfico. Para solucionar o problema de **têm** e **vêm**, contudo, não teve outro remédio senão criar uma regra *ad hoc* ("feita especialmente para esse fim").

Numa espécie de azar flexional, a 3ª pessoa do singular e a 3ª do plural do Presente de **ter** e **vir**, dois de nossos mais importantes verbos, são absolutamente idênticas: ele **tem**, eles **tem**; ele **vem**, eles **vem**. Muita gente me escreve "sugerindo uma solução" para o problema. Santa ingenuidade! Como o mundo pode ser tão simples assim para alguns? Bastaria, dizem eles, dobrar o **E** no plural – ele **tem**, eles ****teem** – e pronto! O que eles não sabem é que as formas terminadas em **-eem** na 3ª do plural correspondem, morfologicamente, a uma 3ª do singular terminada em **-ê**: ele **lê**, eles **leem**; ele **provê**, eles **proveem**; ele **relê**, eles **releem**. Ninguém decidiu que seria assim; é assim porque foi desta forma que o Português assim se estruturou, sem pedir sugestão ou opinião de professor, de gramático, de leitor ou de transeunte. Portanto, fica descartada a brilhante solução.

Os próprios acadêmicos que reformaram nossa ortografia nada poderiam fazer quanto a esse "defeito" flexional dos dois verbos. Só tinham poderes para decidir sobre a **maneira de grafá-los** – e aí eles puderam dar sua pequena contribuição: assinalaram o plural com um acento circunflexo, tornando as duas formas distintas ao menos na escrita: ele **tem**, eles **têm**; ele **vem**, eles **vêm**. Friso que a pronúncia continua exatamente a mesma, não vá algum desavisado tentar pronunciar com mais força e entusiasmo a 3ª do plural.

Dentro do que podiam fazer, estava solucionado o problema. Quer dizer: **quase**, porque mexer em ortografia é como mexer em abelheiro – vem inseto zumbindo de todos os lados. Não podemos esquecer que **ter** e **vir** produzem muitos outros verbos deles derivados, formados com o acréscimo de **prefixos**: **man**[ter], **con**[ter], **entre**[ter], **abs**[ter], **de**[ter], etc.; **pro**[vir], **con**[vir], **sobre**[vir], **inter**[vir], **ad**[vir], etc. Ora, como todos os verbos derivados herdam as características flexionais de seus primitivos, vamos encontrar aqui o mesmo problema: ele **contem**, eles **contem**; ele **provem**, eles **provem**. Dizendo melhor: o problema é o mesmo, mas agora com um novo complicador – **contem** e **provem**, com o acréscimo do prefixo, já não são formas **monossilábicas**, estando, por isso mesmo, submetidas à regra geral que acentua todas as oxítonas terminadas em -**em** (**armazém, porém, também**): ele **contém**, eles **contém**; ele **provém**, eles **provém**. O acento agudo deixaria essas formas corretamente acentuadas, mas voltaríamos à estaca zero: a 3ª do singular continuaria idêntica à 3ª do plural. É nesse momento que entra em cena, de novo, o circunflexo que identifica o plural: ele **contém**, eles **contêm**; ele **provém**, eles **provêm** (não preciso dizer outra vez: a pronúncia é idêntica; a grafia é que é diferente!).

Recapitulando, Lea:

1) Para **ter** e **vir**: ele **tem**, eles **têm**; ele **vem**, eles **vêm** (o singular, sem acento, contrasta com o plural, acentuado);

2) Para todos os seus **derivados**: ele **contém**, eles **contêm**; ele **provém**, eles **provêm** (ambos, o singular e o plural, são acentuados; a diferença está no **tipo** de acento – o singular recebe o acento **agudo** das oxítonas terminadas em **-em**, enquanto o plural recebe o acento **circunflexo** diferencial).

Este é um bom exemplo para os leitores perceberem como um sistema ortográfico está sempre em luta contra suas limitações intrínsecas. E sejamos justos: é também um bom exemplo de uma solução inteligente encontrada pela comissão de 1943, funcional até hoje.

para ou **pra**?

*Professor, quando se usa **para** e quando se usa **pra**? "Viajarei **para** Porto Seguro ou **pra** Porto Seguro"?*

Lucas C. L.

Caro Lucas, quanto à fala, não há dúvida: sempre – mas sempre mesmo – dizemos /pra/. Quando falamos, esta preposição, que é átona, fica reduzida a uma sílaba apenas. Só se ouve /para/, completinho, com as duas sílabas, em leitura de criança recém-alfabetizada ou na fala de estrangeiro que está aprendendo Português (ou alienígena; como será que falava o ET de Varginha?). Agora, escrever é outra coisa; escrevemos sempre **para**, a não ser em textos especiais (letra de música, poemas, frase de publicidade, cartas pessoais, *e-mails*), onde podemos usar o **pra**, se quisermos. E não podemos esquecer que **pra**, sendo vocábulo átono, jamais poderá ter acento.

Curtas

acentuação dos monossílabos

*Nas frases "**Dê** a classificação", "Luis **vê** a bola", "Não **dá** para falar", as palavras **dê**, **dá** e **vê** continuam com acento ou perderam, pela regra do acento diferencial? Obrigada.*

Maria Aparecida C. – Rio de Janeiro

Prezada Maria Aparecida, os monossílabos tônicos (**pá**, **pé**, **dê**, **dá**, **sê**, **sé**, **pó**, **vê**, etc.) continuam a ser acentuados pela mesma regra que sempre os acentuou – a das oxítonas terminadas em A, E e O. Eles nunca tiveram nada a ver com os acentos diferenciais.

ideia e idéia

*Se num texto eu usar **ideia** sem acento, como manda o Acordo, e colocar a mesma palavra, mais adiante, mas desta vez com acento, há chance de ser considerado errado este último **idéia**? Sou obrigada a usar todos de uma mesma forma?*

Jane Maria C.

Prezada Jane, já que até 2012 está correto escrever tanto **idéia** quanto **ideia**, isso deixa de ser uma questão de ortografia e passa a ser uma questão de foro íntimo de quem vai corrigir o texto. Em lugar nenhum está estabelecido que devo manter sempre a mesma opção; é claro que o senso comum ou o senso de simetria poderiam indicar que o emprego de uma das duas grafias deveria ser consistente, mas, e eu com isso? Aí está mais uma das perturbações que este desastrado Acordo veio trazer – sem falar na possibilidade que, numa mesma sala, duas pessoas optem por escrever **fato** ou **facto**, **António** ou **Antônio**, **tênis** ou **ténis**, porque todos são variantes aceitáveis no idioma, sem estar obrigatoriamente vinculadas a Brasil ou Portugal...

mini ou míni?

*Caro Professor, gostaria de saber qual é a grafia correta: é **mini** ou **míni**? Já observei que muitos* *livros escrevem **sem** acento, mas o dicionário **Houaiss** que comprei recentemente (3ª edição, 2009) traz o seguinte título na capa: "**Míni** Houaiss – Dicionário da Língua Portuguesa".*

Bernardo S. – Porto Alegre

Meu caro Bernardo, quando o prefixo **mini-** se torna um **substantivo** (por redução de um vocábulo maior: uma **minissaia** – uma **míni**), ele vai ser submetido às regras habituais da acentuação (**táxi, dândi, míni**). Essa substantivação acontece também com **maxi-**; você deve estar lembrado de como o Brasil vivia com receio de uma nova **máxi** (de **maxidesvalorização**). Seu exemplo, no entanto, é curioso. Se interpretarmos "o mini **Houaiss**" como "o pequeno **Houaiss**", teremos ali o prefixo, não o substantivo; contudo, se o virmos como a redução de **minidicionário**, teremos ali o substantivo **míni**, como a editora estampou na capa.

patrimônio ou património?

> Samuel D., de Camaquã (RS), quer saber qual é a forma correta: é **patrimonio, patrimônio** ou **património**?

Meu caro Samuel, ***patrimonio** está errado, pois as paroxítonas terminadas em ditongo crescente devem ser acentuadas. As outras duas, no entanto, são consideradas corretas. Escreve-se **patrimônio** no Brasil, **património** em Portugal, tudo dentro do novo Acordo (e isso que ele veio, como diziam, para "unificar" a nossa ortografia...).

reúso

> Antônia W., de Petrópolis (RJ) pergunta se existe o vocábulo **reúso** e se ele deve ser acentuado pela nova ortografia.

Sim, Antônia, existe **reúso** como sinônimo de "reutilização". O termo é muito empregado pela indústria e pelas instituições públicas, e já vem registrado no dicionário *Houaiss*. O seu acento é determinado pela regra do U tônico, depois de vogal, sozinho na sílaba (como **gaúcho**, **miúdo**, etc.), mantida pelo novo Acordo. Outro vocábulo recente é seu irmão **multiúso**, acentuado pela mesma razão.

súper

> *Professor, nesta semana o jornal de minha cidade estampou a palavra* ***súper*** *acentuada, mas eu já vi várias vezes sem acento. As duas formas estão corretas?*

Jonathas V.

Meu caro Jonathas: quando **super-** é usado como prefixo, é átono e não leva acento. Entretanto,

súper, usado como redução de **supermercado**, é um substantivo, acentuado pela regra das paroxítonas, da mesma forma que **éter**, **dólar** ou **mártir**.

acentos em abreviações

> Luciana Pinheiro ouviu dizer que uma palavra acentuada perde o acento quando é abreviada. Acrescenta: "Por exemplo, **mínimo**, quando abreviado, ficaria **min.**, sem o acento. Isso procede?"

Prezada Luciana: quando abreviamos um vocábulo, interrompendo o num ponto determinado, os acentos que porventura existirem vão ficar onde sempre estiveram: **século** dá **séc.**, **Lógica** dá **Lóg.**, **gíria** dá **gír.**, **mínimo** vai dar **mín.**, e assim por diante.

Edu

> Eduardo, de São Paulo, gostaria de esclarecer se o apelido **Edú**, escrito desta forma, está incorreto.

Meu caro Eduardo, está sim. As oxítonas terminadas em **U** não levam acento, sejam elas nomes próprios ou comuns: **urubu**, **caju**, **bauru**, **Iguaçu**, **Edu**, **Lu**, etc.

Dário ou Dario?

> Sidnei, de São Paulo, quer saber qual a forma correta de escrever: é **Dário** ou **Dario**? Pode-se usar **Mário** como base para isto?

Meu caro Sidnei, este nome tão antigo (vem dos Persas) sempre foi pronunciado, em Português, **Dario**, rimando com **navio**. Conheço também um **Dário**, rimando com o famoso **armário**, mas foi uma escolha muito pessoal dos pais dele.

Célia ou Celia?

> Marcelo Elias, futuro pai, diz que sua filha, que está por nascer, vai se chamar **Célia** (ou **Celia**); como não quer registrar o nome de maneira errada, pede a nossa sábia assistência.

Meu caro Marcelo: assim, sem grandes explicações, digo-lhe que é **Célia**, com acento – é uma daquelas paroxítonas terminadas em ditongo, como **história**, **Mário**, **série**. Você fará um grande bem para a sua filhinha, se registrar corretamente o nome dela. Abraço e parabéns (pelo bebê e pela humildade de perguntar).

construí-lo

> Júlio, leitor de Toronto, Canadá, quer saber qual a razão de haver acento em **construí-lo** e não em **polui-lo**.

Meu caro Júlio, nenhuma! De onde você tirou esses exemplos? Ambos levam acento pelo mesmo motivo: o "**i**" é tônico, vem depois de uma vogal (forma hiato) e está sozinho na sílaba. É o mesmo acento de **saída**, **caímos**, **aí**. Já formas como **parti-lo** e **demoli-lo** não levam acento porque são meros oxítonos terminados em "**i**", como **saci** ou **aqui**.

Leo x Léu

> Francisco, de Vitória, quer saber por que **constroem** não é acentuado, se existe aí o ditongo aberto /ói/.

Prezado Francisco, é bom não esquecer que a norma de acentuação usa conceitos de ditongo, hiato, etc. exclusivamente **gráficos**. Encontramos o ditongo **ói** (na escrita) em **constrói**, mas não em **constroem**. Um bom exemplo é **Leo** e **léu** – o segundo é acentuado por apresentar o ditongo aberto **éu**, enquanto o primeiro, nome próprio, não se enquadra na regra (embora ambos soem /léw/). Como no jogo do bicho, aqui o que vale é o escrito (e não o falado).

til, tis

> Vivian, de Lisboa (Portugal), está com a tecla do til e do circunflexo estragada. Ao escrever um *e-mail* para um jornal de Lisboa, solicitando a oportunidade de realizar um estágio de jornalismo, concluiu (muito acertadamente, aliás) que seu texto, sem aqueles dois sinais, ficaria desfigurado, passando uma impressão de desleixo e despreparo. Para evitar esse efeito indesejável, quis acrescentar uma nota explicando o problema de seu teclado, mas ficou em dúvida sobre o nome científico do sinal "~". "Será que **til** é o nome popular do sinal, e ele tem um nome mais científico, como tem o famoso "chapelinho", cujo nome correto é **circunflexo**? E no plural, como fica?"

Prezada Vivian, o nome do diacrítico "~" é mesmo **til**, assim como no Espanhol é *tilde*; o plural, que raramente empregamos (mas que pode ser necessário) é **tis**. Olhe o que diz o dicionário do Houaiss: "Na ortografia do Português, são diacríticos os acentos gráficos, a cedilha, o trema e o til". Abraço (e trate de consertar essa tecla tão importante!).

água

> Glécio, de Porto Alegre, está intrigado com o acento em **água**.

Meu caro Glécio, **água** é acentuado pela mesma razão que **égua**, **mágoa**, etc. – todas elas são paroxítonas terminadas em ditongo crescente. Se não puséssemos acento nela, a leitura sugerida seria /a-GU-a/ – com o **U** tônico, como **continua**.

acentuação com maiúsculas

> Sônia Mara Nascimento Fernandes quer saber se existe alguma regra que fale que **não** é necessário acentuar palavras escritas em maiúsculas, como, por exemplo, **Índia**.

Prezada Sônia, sim, essa regra existe – mas no Francês. Em nosso idioma, as palavras são acentuadas quando a regra exigir, não importando se estão em minúsculas ou maiúsculas: **Índia**, **África**, **ÍNDIA**, **ÁFRICA**.

til duas vezes?

> Daniela, do *Jornal do Bairro*, diz que há grande discussão entre os redatores quanto à maneira de escrever o nome do jogador de basquete **Mãozão** (que tem mão grande mesmo!). Eles acham muito estranho, com razão, usar **dois tis**.

Prezada Daniela, pode parecer estranho, mas o til é necessário para indicar que o "**a**" tem som de /ã/. Este sinal não tem relação necessária com a sílaba tônica, que pode ser outra (**ÓR-fã**, **ÓR-gão**). Se acrescentarmos o sufixo **-zão** a **pão** e **irmão**, teremos **pãozão** e **irmãozão**. O substantivo **mão**, que é feminino, forma o aumentativo **mãozona**; no entanto, aqui se trata do apelido de um atleta: **Mãozão**. Se os redatores acham estranho, experimentem então escrever **sem** os dois tis: *Mãozao ou *Maozão ficaria dez vezes mais estranho.

hiato em **juíza**

> Cláudia, de Guarujá (SP), gostaria de saber se o hiato em **juíza** deve ou não ser acentuado. "Ele não está nos casos de hiato em que a vogal **I** ou **U** vem acompanhada de outra letra que não é o **S**, e, portanto, deveria ficar sem acento?"

Minha cara Cláudia, compare **juiz** com **juíza**. Em ambos o "**i**" é tônico, em ambos há um hiato, mas só **juíza** é acentuado. Por quê? Porque só neste vocábulo o "**i**" forma uma sílaba sozinho: **ju-í-za**, mas **ju-iz**.

qual a regra de **item**?

> *Caro professor, tenho uma dúvida quanto à regra de acentuação em que se deve enquadrar a palavra **item**. Não seria a que manda acentuar o **I** e o **U** tônicos dos hiatos, quando estes formam sílabas sozinhas ou*

*seguidos de **S**? Por que não escrevemos **ítem** como escrevemos **balaústre, baú, egoísta, faísca, heroína, saída, saúde, viúvo**, etc.?*

Aníbal F.

Meu caro Aníbal, **item** não se enquadra neste caso. A regra a que você se refere estabelece três condições para o acento no "**i**" e no "**u**": (1) que sejam tônicos orais; (2) que venham após vogal (o que faz com que alguns autores denominem esta regra de "Regra do Hiato"); (3) que formem sílaba sozinhos ou acompanhados de **S**. Em **item**, a condição (2) está ausente – exatamente como em **ida, ilha** ou **idem**.

acentos com -mente

> A leitora Thais M. gostaria muito de saber se **analogamente** deve ou não ser acentuado.

Prezada Thais, nenhum vocábulo pode ter, ao mesmo tempo, acento gráfico e o elemento **mente**. Isto é: sempre que esse sufixo é acrescentado a um vocábulo, a nova sílaba tônica passa a ser /men/, fazendo com que o acento primitivo desapareça: **rápido, rapidamente; só, somente; espontâneo, espontaneamente**. Portanto, **análogo, analogamente**.

somente

> Enzo, de Balneário Camboriú (SC), quer saber por que a palavra **somente** não é acentuada, já que é de regra acentuar todas as proparoxítonas.

Meu caro Enzo: você tem razão em afirmar que todas as proparoxítonas são acentuadas. No entanto, o vocábulo **somente** (a sílaba tônica é /men/) é apenas uma **paroxítona** e, por isso, não tem acento. Lembre-se de que todos os advérbios terminados em **mente** são paroxítonos, não importando qual fosse a prosódia do adjetivo primitivo.

3. Como se escreve: hífen e assemelhados

Que ninguém espere coerência no uso do hífen; não há exagero algum quando Mattoso Câmara Jr. afirma que "o emprego deste sinal gráfico é incoerente e confuso". Os ortógrafos divergem entre si e do que ficou estabelecido no atual **VOLP**. Não existe, nem poderá existir um critério unitário quanto ao seu emprego, porque as palavras em que este sinal mais aparece – os substantivos e os adjetivos compostos – constituem uma área extremamente movediça, simplesmente porque não sabemos ao certo se estamos diante de um verdadeiro **vocábulo** ou de uma simples **locução** (um **sintagma**). Por que o *Aurélio* registra **pedra filosofal, pedra lascada, pedra de toque**, mas **pedra-ímã, pedra-sabão** e **pedra-mármore**? Por que **pára-sol, vai-volta, passa-pé** e **sangue-frio**, mas **girassol, vaivém, pontapé** e **sanguessuga**? Escreve-se **anteontem** e **antes de ontem, ponto e vírgula** e **ponto-e-vírgula** – e, seja junto ou separado, sempre haverá justificativas para uma ou a outra forma.

A única regulamentação mais ou menos organizada do hífen refere-se aos vocábulos formados com **prefixos**, que, por existirem em número limitado, permitem (ao contrário dos compostos comuns) uma razoável padronização. Há, por exemplo, prefixos que sempre serão seguidos de hífen: **ex-** ("o que não é mais"), **vice-** e todos os prefixos que receberem acento gráfico (**pré-**, **pós-**, etc.): **ex-marido, vice-prefeito, pré-fabricado, pós-operatório**. Assim dispunha a Reforma de 1943, assim dispõe o atual Acordo.

Mudanças no hífen com prefixos

Das novas regras introduzidas pela atual Reforma, **três** vieram realmente aperfeiçoar nossa ortografia e facilitar o trabalho do usuário (se o Acordo apenas acrescentasse estas três regras ao sistema 1943-1971, teríamos chegado muito perto da perfeição):

1. Usaremos hífen sempre que o prefixo terminar por vogal idêntica à que inicia o segundo elemento: **anti-inflamatório, micro-onda, micro-organismo, neo-ortodoxo**. Se as vogais forem diferentes, contudo, não há hífen: **antiestático, microindústria, neo-expressionismo, infraestrutura, autoestrada**. Esta regra é um grande progresso em comparação com o sistema anterior, porque não exige memorização alguma por parte do usuário. Encontraram-se duas vogais idênticas? Hífen.

2. Usaremos hífen sempre que o segundo elemento começar por **H**: **geo-história, mini-hospital, sub-habitação, co-herdeiro**. Outra regra elogiável,

pois evita que a palavra original fique desfigurada com a perda do **H** inicial.

3. Não há hífen quando o prefixo terminar em **vogal** e o segundo elemento iniciar por **R** ou **S**, o que nos obriga a duplicar o **R** ou o **S**: **contrarregra, autosserviço, contrassenha, neorrealismo, ultrassom, antissemita**.

Há outras regrinhas menores (e menos felizes) sobre o emprego do hífen, mas elas – bem como as que mencionei acima – serão examinadas adiante, nas respostas aos leitores.

sócio-econômico

> Aspectos **sociais** e **econômicos** são aspectos **sócio-econômicos** ou **socioeconômicos**? Cirurgia **buco-maxilo-facial** ou **bucomaxilofacial**? Segundo o *Aurélio* e o *Houaiss*, deveríamos empregar a forma sem hífen; contudo, como vamos ver, a coisa não é tão simples assim.

Um doutor em Odontologia relata que, ao defender sua tese, foi questionado pela banca sobre a grafia de **buco-maxilo-facial**, que é escrita sem hífen na PUCRS, mas com hífen na UFES, sua universidade de origem. Essa divergência entre a forma de grafar este vocábulo nas duas universidades não me espanta. Temos aqui mais um daqueles casos em que dois entendimentos diferentes podem ser extraídos de uma mesma regra – e que ninguém, por causa disso, comece a esbravejar contra o Português. Este é um problema intrínseco a qualquer regra; mais da metade do esforço intelectual de quem trabalha com o Direito, por exemplo, é dispendido para verificar quais os fatos concretos que se enquadram numa determinada norma.

Quando se forma um adjetivo composto de dois outros adjetivos (adjetivo + adjetivo), nosso sistema ortográfico determina que se use o hífen quando o primeiro sofre uma **redução**. No esporte, temos uma categoria **infantil** e uma categoria **juvenil**, temos também uma categoria [infantil + juvenil] = **infanto-juvenil**. Temos uma culinária **lusitana**; temos uma culinária **brasileira**; temos alguns pratos da culinária [lusitana + brasileira] = **luso-brasileira**. E assim por diante. Se considerarmos que houve aqui a união de [bucal + maxilar + facial], a forma resultante será **buco-maxilo-facial** (similar a aspectos [sociais + políticos + econômicos] = **sócio-político-econômicos**; atividades [agrárias + pecuárias] = **agro-pecuárias**; e assim por diante).

Se considerarmos, contudo, **buco**, **socio**, **gastro**, **agro**, etc. como meros **elementos de composição**, semelhantes a **hidro** (água), **bio** (vida), **termo** (calor), como fazem o *Aurélio* e o *Houaiss*, escreveremos **agropecuário**, **gastrointestinal**, **bucofacial**, **socioeconômico**.

Prefiro seguir a lição de meu mestre Celso Pedro Luft, que advogava o uso do hífen em todos esses casos em que o primeiro adjetivo está reduzido. Em **sócio-econômico**, vejo **sócio** como um vocábulo independente, resultante da redução de **social**, e não como uma forma presa, quase prefixal. A autonomia deste primeiro elemento fica comprovada pela ocorrência da vogal **aberta** /ó/, que só pode aparecer, em nossa língua, na posição **tônica**. Compare-se **sociologia** (a vogal tônica é o /i/; o /o/ da primeira sílaba é fechado) com **sócio**-econômico (as vogais tônicas são o /o/ aberto do primeiro elemento e o /o/ fechado do segundo); como não existem duas tônicas em um só vocábulo, fica evidente que estamos unindo aqui dois vocábulos independentes, **social** e **econômico**, para formar um composto. Além disso, esta opção pelo hífen nos permite escrever **sócio-político-geográfico-econômico**, por exemplo, que, no modelo do *Aurélio*, seria **sociopoliticogeograficoeconômico** – duro de ler, difícil de entender e totalmente contrário à intuição que nós, falantes, fazemos de compostos desse tipo. Essa é a razão por que me parece mais adequado grafar **buco-maxilo-facial**, **gastro-intestinal**, etc.

No entanto, como espero ter deixado bem claro, perceba que a outra grafia, sem hífen, tem também seus argumentos (e seus ilustres defensores). Aqui, prezado leitor, como em muitos outros casos, é indispensável uma **decisão** por parte do usuário; o conjunto dessas decisões vai formando um **estilo**. Como você já deve ter visto, muitas revistas científicas tornam públicas suas decisões sobre vários desses pontos controvertidos por meio de uma "folha de estilo" ou "normas para publicação".

bem-vindo

> Muitas cidades colocam uma placa na estrada dizendo que ali seremos **bem-vindos**; outras, igualmente cordiais, anunciam que seremos **benvindos**. Esse hífen ainda é necessário, ou já foi abolido?

*Professor, escreve-se **bem-vindo** ou **benvindo**? Pesquisei em alguns dicionários e constatei que todos utilizam o hífen; no entanto, consultando alguns amigos, professores universitários, eles me informaram de uma nova regra em que foi abolido o hífen.*

Eliane – Ribeirão Preto (SP)

Minha cara Eliane, toda vez que construímos um vocábulo composto formado de [**bem** + outro vocábulo], temos de usar o hífen: **bem-aventurado**, **bem-querer**, **bem-vindo**, **bem-estar**, **bem-me-quer**, etc. Note que esta é uma regra específica para o elemento **bem**. Por isso, em faixas, em pórticos, em cartazes, escrevemos sempre (ou, ao menos, deveríamos...) **bem-vindo**, **bem-vindos**. Existe **Benvindo**, mas só como nome próprio, como o famoso escultor renascentista Benvenuto Cellini.

Quanto ao hífen, **nada** foi alterado no que se refere aos compostos em que intervém o advérbio **bem**. Os dicionários em que você pesquisou estavam corretos. Tenho certeza de que os seus professores universitários são de outra área que não a de Letras, pois estes sabem que **bem-vindo** continua a ser escrito como sempre foi.

junto ou separado?

Veja como o espaço em branco deixado entre as palavras também pode ser fonte de erros de ortografia.

*Eu sempre escrevi **a partir**, separado. Nos anúncios do último Natal, no entanto, vi ofertas de* *crediário com pagamentos iniciando **apartir** de fevereiro deste ano. O mesmo parece estar acontecendo com **de repente**, que andam escrevendo **derrepente**. Agora já não sei mais quando se escreve junto ou separado. Existe alguma regra?*

Maria D. – Aracaju (SE)

Minha cara Maria, o emprego de um espaço em branco entre duas palavras distintas foi um dos grandes avanços dos sistemas ortográficos do Ocidente. Ao contrário do que possa parecer, ele não é tão óbvio assim, e tivemos de aprender a usá-lo da mesma forma que aprendemos a usar as letras ou os acentos. Decidir quando este espaço deverá ou não estar presente depende da nossa capacidade de reconhecer os vocábulos isoladamente – o que nem sempre é muito simples, principalmente porque, ao longo da história do Português escrito, há vários casos de preposições que terminaram se juntando para sempre ao vocábulo que acompanhavam. O substantivo **pressa** ("eu tenho **pressa**"; "a **pressa** é inimiga da perfeição"), por exemplo, formava uma locução adverbial com a preposição **de** (**de pressa**, como **com pressa**, **sem pressa**, etc.); aos poucos, porém, as duas partes da locução soldaram-se num bloco único, desaparecendo o espaço em branco que as separava: **depressa**. Ora, para escrever corretamente esse vocábulo é imprescindível, portanto, que lembremos que agora ele não tem mais aquele espaço que tinha antes.

Dentro desse cenário, podemos distinguir dois tipos de erro bem frequentes. O primeiro é separar o que a tradição ortográfica já juntou; é comum encontrar ***por ventura**, ***de vagar**, ***em baixo** escritos como **locuções**, quando deveriam estar **porventura, devagar, embaixo**, já grafados como **vocábulos unitários**. O segundo erro vem exatamente na direção contrária: consiste em juntar elementos que ainda são mantidos separados. Nesse caso, é comum encontrar ***apartir**, ***derrepente** e ***porisso** onde deveria estar escrito **a partir**, **de repente** e **por isso**.

Não são erros grosseiros, se você bem me entende; apenas espelham uma hesitação natural do usuário ao se deparar com essa fronteira imprecisa entre uma **locução** e um **vocábulo unitário**, imprecisão que também vem nos assombrar no caso dos compostos. Você pode entender agora o que os linguistas descobriram na carne: não é fácil definir o que é uma palavra e o que não é.

mato-grossense

*Prezado Professor, seguindo a orientação dos dicionários, achamos que a forma correta é **mato-grossense**. No entanto, a Federação de Futebol do nosso estado exige que se corrija para **matogrossense**, por ser a maneira mais empregada em nossa imprensa – como no Rio Grande do Sul, em que a forma **riograndense**, recomendada pelo dicionário, não é a mais comum na imprensa escrita. Existe realmente essa tolerância, ou devo bater o pé para incluir o hífen aí?*

Jorge – Sinop (MT)

Meu caro Jorge, você deve bater o pé; melhor ainda: deve bater os dois pés! Felizmente para nós todos, a ortografia está acima de todas as autoridades e instituições. Imagine se a Federação Mato-Grossense de Futebol tivesse poderes para legislar sobre a maneira correta de grafar os vocábulos do Português! A julgar pela pouca ciência que demonstram ao "condenar" esse hífen, ia ser um verdadeiro horror! Todos os **gentílicos compostos** levam hífen; esta é a regra. Por isso, **passo-fundense**, **rio-branquense**, **mato-grossense**, **cabo-verdiano**. Não há o que discutir: é uma das poucas regras absolutas do emprego do hífen. Os dicionários escrevem assim, a Academia escreve assim, os gramáticos também – e a Federação

Mato-Grossense de Futebol não concorda? A imprensa mato-grossense costuma escrever sem o tracinho? Deveriam todos ficar envergonhados. No Rio Grande do Sul, as pessoas que tiveram estudo escrevem **rio-grandense** e **sul-rio-grandense**; as outras, não.

o **não** como prefixo

*Professor, não tenho certeza sobre como devo grafar "anti-inflamatórios **não-esteroides**" (é uma classe de medicamento). As gramáticas que consultei não falam sobre o emprego daquele hífen depois do **não**, mas sei que é assim, hifenizado, que o vocábulo aparece em muitos livros e manuais médicos. Afinal, qual é o correto? Em que casos podemos usar o hífen depois da palavra **não**?*

Áurea A. – São Paulo (SP)

Prezada Áurea: para desmentir aqueles que vivem resmungando que nosso idioma só piora com o passar do tempo, este **não** com valor de prefixo, estrela recém-chegada no firmamento da língua, constitui um notável (e moderníssimo) mecanismo para a formação de antônimos. Você quer saber quando ele vem seguido de hífen? Pois sou obrigado, por desencargo de consciência, a registrar que há uma certa controvérsia sobre este ponto, principalmente depois das trapalhadas da última edição do VOLP (mais sobre isso depois). Por isso, como você terá de escolher um dos lados desta disputa, faço questão de lhe fornecer os subsídios que julgo necessários para uma decisão consciente. Em primeiro lugar, reproduzo, abaixo, o que consta sobre o tema no livro *Português para convencer*, escrito por Túlio Martins e por este seu criado:

"Historicamente, o Português sempre formou palavras negativas usando os prefixos **i(n)**- e **des-**: **ilegal, improdutivo, intempestivo**; **desleal, desarmônico, descabido**. Desde o século passado, no entanto, teve início a prática (também presente em outras línguas, como o Inglês, o Francês e o Espanhol) de usar o **não** como um prefixo negativo universal, que se acrescenta a um vocábulo já existente (geralmente **adjetivo** ou **substantivo abstrato**) para formar um antônimo perfeito.

"O uso do **não** como prefixo foi uma das grandes novidades com que a língua nos brindou no fim do século XX, permitindo que tudo possa ser dividido em duas categorias complementares, **X** e **não-X** – o que constitui uma ferramenta muito útil no discurso argumentativo. Com esse providencialíssimo **não**, podemos criar divisões binárias de praticamente tudo o que quisermos: os **votantes** e os **não-votantes**, os

alfabetizados e os **não-alfabetizados**, os **hispânicos** e os **não-hispânicos**, os **marxistas** e os **não-marxistas**. Ele até nos permite falar no **não-eu** ou no **não-ser**, vocábulos que seriam impensáveis com nossos prefixos negativos clássicos, o **in**- e o **des**-. (...)

"Em muitos vocábulos esse prefixo vai concorrer com os tradicionais prefixos negativos, e geralmente com vantagem. É o que está acontecendo entre duas formações relativamente recentes, **inocorrência** e **não-ocorrência**. Ambos são amplamente usados em textos jurídicos, com uma leve preferência, por enquanto, pela primeira forma, que é tradicional. No entanto, não temos dúvida de que a segunda vai prevalecer em poucos anos; o **não** prefixal permite uma decodificação muito mais rápida do significado do vocábulo por parte do leitor, o que é sempre uma grande vantagem na disputa entre duas formas linguísticas concorrentes."*

Como você pode ver, não se trata de uma simples moda, mas sim de um processo que veio para ficar, superior em muito às outras formas de antonímia porque preserva integralmente o vocábulo original que está sendo antagonizado. Este recurso permite uma simetria perfeita entre afirmativa e negativa, o que nem sempre se consegue através de construções tradicionais.

---

* MORENO & MARTINS. *Português para convencer*. São Paulo, Ática, 2006. p. 169.

Qual é a natureza deste processo? Não importa. Sejam formadas por **derivação prefixal** ou por **composição** (para muitos, aliás, dois nomes para um mesmo fenômeno), as novas palavras ficam melhor **com hífen**. Alguns gramáticos mais antigos negavam-se a usá-lo, mas a prática já o consagrou, especialmente porque ele serve para assinalar que o **não**, aqui, não é um advérbio de negação, mas sim um elemento da composição do vocábulo. Os bons dicionários o usam; o *Houaiss*, embora declare textualmente que considera este hífen mais adequado em **substantivos** (**não-violência**, **não-proliferação**, **não-alinhamento**), não deixa de registrar também **adjetivos** hifenizados, "especialmente no caso de tecnônimos, pois o uso assim os havia consagrado no jargão técnico ou tecnológico escrito". Apuradas as urnas, constata-se que há uma inegável tendência a empregar o hífen, mesmo que persistam divergências quanto a alguns punhados de palavras.

Sempre coerente na sua onipotência, contudo, a comissão de Lexicologia da ABL, encarregada de elaborar o novo VOLP, foi muito além das chinelas — isto é, foi muito além do texto do Acordo Ortográfico e anunciou, em uma *Nota Explicativa*, que tinha decidido excluir o hífen dos casos em que a palavra "*não*" funciona como prefixo, mencionando, como exemplos, **não-agressão** e **não-fumante**, grafados por ela como **não agressão** e **não fumante**. No entanto, logo depois, no parágrafo seguinte da mesma *Nota* — talvez prevendo a inevitável reação contra esta decisão unilateral —, a douta comissão dá uma contemporizada tipicamente brasileira: "Está claro que, para atender a especiais situações de expressividade estilística com a utilização de recursos ortográficos, se pode recorrer ao emprego do hífen nestes e em todos os outros casos que o uso permitir". Que tal? Firmes como uma rocha...

Eu escreveria, sem a menor hesitação, "antiinflamatórios **não-esteróides**", seguindo o consenso da maioria culta; respeito a decisão dos que preferem não fazê-lo, mas não me venham alegar uma pretensa "grafia oficial" a seu favor, pois aquela *Nota Explicativa* é apenas a opinião isolada de alguns acadêmicos e não integra o Acordo que o Brasil assinou com os demais países lusófonos. Agora cabe a você, Áurea, escolher o caminho que lhe aprouver.

palavras que perderam a noção de composição

Olá, professor Cláudio! Sou formanda de Letras e tenho dúvida quanto a um item da Reforma Ortográfica: quando se considera que uma palavra perdeu a noção de composição? Como posso identificar os casos em que isso ocorreu? Por exemplo, **bate-boca**. *Aqui foi perdida a noção de composição porque se tornou uma expressão? É uma questão semântica? Não entendi essa explicação para o não uso do hífen. Por favor, professor, se puder me ajudar, ficarei grata.*

Raquel G. – Santa Maria (RS)

Raquel, você tocou no nervo deste confuso Acordo: como saberemos se os falantes perderam ou não a consciência da composição de um vocábulo? Quem vai decidir quais os vocábulos que entram nesta lista? Como se pode obedecer a uma regra tão vaga e tão fluida, redigida cabalisticamente, que, segundo eles, abrange "**certos** compostos, em relação aos quais se perdeu, **em certa medida**, a noção de composição". **Certos** compostos? Em **certa** medida? Que portento! Nem consigo imaginar o esforço necessário para chegar a tamanha imprecisão usando tão poucas palavras!

Para mim, aliás, a composição de **para-quedas** continua bem consciente, ao contrário do que alegam as "sumidades" que assumiram o poder na República Ortográfica. Quantos concordariam comigo, quantos discordariam? Quem é que vai saber? Esta regra é o dedo que revela o gigante, isto é, revela a prepotência dos autores deste Acordo e prova que eles, como eu sempre vou afirmar, não são do ramo. Não conhecem

Linguística, não conhecem nosso idioma e não têm a menor noção de como funciona a mente dos falantes. Pobre Brasil!

para-choque, para-brisa, para-lama

> Duas leitoras querem saber a mesma coisa: **para-brisa**, **para-choque**, **para-lama** e **para-raio** vão perder o hífen, como ocorreu com **paraquedas**?

1. Escreve Luciana R., de Salvador:

*Olá, professor! Sou bióloga, mas faço questão de escrever corretamente. Pesquisei bastante em seu site, mas não obtive a informação que procuro. A nova ortografia promete deixar o uso do hífen mais lógico, mas eu não entendi muito bem aquela parte que fala de certos compostos que perderam a noção de composição – "**girassol**, **madressilva**, **mandachuva**, **pontapé**, **paraquedas**, **paraquedista**, etc.". Este "etc." é o problema: como vou saber se a noção de composição também foi perdida em outros vocábulos?*

2. Aninha, de Piracicaba (SP):

*Caro professor, aqui no escritório estamos em dúvida quanto ao uso do hífen na nova ortografia. Em alguns dicionários encontramos a palavra **parachoque** e **paraquedas** juntos, em outros **para-choque** e **para-***

quedas. *Qual é o certo? Lembramos que no programa do Caldeirão do Huck, no **Soletrando**, a palavra **parachoque** foi soletrada com hífen. No dicionário **Michaelis**, contudo, está escrito **parachoque, paraquedas**. Qual o correto? Ajude-nos, por favor.*

Prezadas leitoras: como vocês têm, no fundo, a mesma dúvida, acho que posso responder às duas numa só mensagem. Concordo com a Luciana: aquele "etc." colocado ao final da lista de exemplos é a coisa mais desastrada que eu já vi no texto de um Acordo Ortográfico. Quem é a divindade que vai decidir quais são os vocábulos cuja composição deixou de ser percebida pelos falantes? O silêncio da Academia sobre este ponto vai estimular o aparecimento de listas de todo o tipo, já que temos, no Brasil, tantas "autoridades" sobre o idioma quanto candidatos a técnico da seleção canarinho. Ao contrário do que se deveria esperar, a Reforma vai aumentar ainda mais a hesitação sobre a grafia correta dos compostos – a começar pelos casos que eles relacionaram expressamente no texto, pois a composição de **para-quedas**, para mim, ainda está bem visível...

Além disso, ao deixar a enumeração em aberto, a regra tornou-se uma fonte inevitável de discórdia entre os dicionários. A nova edição de bolso do ***Aurélio*** e do ***Houaiss*** já nos forneceu uma prévia do que vem por aí: o primeiro incluiu no "etc." **paralama**, **parabrisa**, **pararraio**, **parachoque**, seguindo o modelo de **paraquedas**; o segundo só tirou o hífen de **paraquedas**, conservando-o nos outros. Resultado: os dois dicionários se tornaram inconfiáveis, porque ambos, apesar de anunciar que já seguem a nova ortografia, divergem nestas e em muitas outras palavras.

locução x vocábulo composto

> Este é o ponto mais controvertido do Vocabulário Ortográfico da ABL. Reunimos aqui três perguntas que versam sobre o mesmo ponto, esperando, assim, fornecer todo o material necessário para o leitor decidir de que lado vai ficar.

*1) Caro Professor, há diferença entre **locução** **substantiva** e **substantivo composto**? Em caso afirmativo, poderia o Professor me esclarecer qual é essa diferença? Um grande abraço!*

Paulo Sérgio A. – Rio de Janeiro

Meu caro Paulo, este sempre foi (e sempre será) o grande problema do uso do hífen em nosso idioma: saber quando uma **locução** passa a ser um **substantivo composto**. Em que momento saímos da Sintaxe (vários vocábulos) e entramos na Morfologia (um só vocábulo)? Por que **papel almaço** e **papel da Índia** são locuções, e **papel-bíblia** é um substantivo composto? Por que alguns (Aurélio, por exemplo) consideram **pôr-do-sol** um substantivo, enquanto Houaiss classifica como uma simples locução (**pôr do sol**)? Apesar de existirem vários "palpites" sobre como se poderia fazer esta diferenciação, acho que nunca poderemos chegar a uma resposta definitiva – não por deficiência de nossas teorias ou incompetência de nossos estudiosos, mas exatamente pela natureza difusa do problema.

Embora não seja especificamente sobre este assunto, minha tese de doutorado trata desta progressiva lexicalização de estruturas sintáticas (em outras palavras, da passagem da Sintaxe para o Léxico), um processo usual no Português em que a frase ou locução **X** passa a ser o vocábulo composto **Y**). Examinando os dados, a conclusão obrigatória é que não existe um limite definido para essa passagem. Em vez de uma alteração definitiva, pontual, em que **X** se transforma em **Y** (assim como, num dado momento, a lagarta vira borboleta), o que temos é uma transformação tipo "O Médico e o Monstro", em que o novo ser é, ao mesmo tempo, médico e monstro, se bem entendes a metáfora.

Note que a presença do hífen, aqui, é o que serve para distinguir aquilo que consideramos **locução** daquilo que consideramos **vocábulo**. Há gramáticos que veem em **ponto e vírgula** uma locução (daí não usarem o hífen); Aurélio e Houaiss, por sua vez, consideram-no um vocábulo e, *ipso facto*, escrevem **ponto-e-vírgula** (como você pode ver, é uma repetição do **pôr-do-sol/por do sol** do primeiro parágrafo).

É exatamente por isso que ninguém entendeu essa orientação esdrúxula do *VOLP* de eliminar o hífen de vocábulos compostos que tenham preposição ou conjunção entre os elementos. Foi uma interpretação equivocada do texto do Acordo, e tenho certeza de que a ABL acabará voltando atrás, para não se cobrir de ridículo. Portugal entendeu corretamente o que foi disposto e manteve os hifens em vocábulos como **pé-de-moleque, maria-vai-com-as-outras, mula-sem-cabeça, dia-a-dia, pé-de-cabra**, etc.

*2) Caro professor, desculpe-me incomodá-lo mais uma vez, porém, uma dúvida veio à baila e gostaria, se possível, que o senhor me esclarecesse. Há alguns dias, ouvi num programa de rádio que o hífen havia sido abolido em todas as palavras compostas ligadas por preposição (ex.: **fora-da-lei**, **à-toa**, **pão-de-ló**, **dia-a-dia**, etc.). Pois bem, ontem mesmo, vi numa edição atualizada do **Aurélio** (apregoando estar de acordo com o Acordo Ortográfico) a palavra **pão-de-ló*** *com hífen (como sempre escrevemos). Bem, o que de fato é verdade? Grato mais uma vez.*

Valdecir T. – São José dos Campos (SP)

Meu prezado Valdecir: sua pergunta toca no ponto mais controvertido do novo **Vocabulário Ortográfico da Língua Portuguesa** (o famoso **VOLP**), recentemente publicado por nossa Academia de Letras. Interpretando equivocadamente o texto do Acordo, a comissão brasileira decidiu, sem tir-te nem guar-te, eliminar o hífen de **qualquer composto** que tenha preposição ou conjunção unindo os seus elementos – exatamente como **pão-de-ló** ou **dia-a-dia**, como você perguntou.

Ora, mesmo que aqui o texto do Acordo não tenha uma redação muito feliz (como todo o resto, aliás), fica bem claro, numa leitura mais cuidadosa, que o princípio geral é usar o hífen apenas nos **vocábulos compostos**, distinguindo-os das meras **locuções**. Afinal, essa sempre foi a utilidade deste sinal: distinguir uma **mesa redonda** (quadrada, oval, etc) de uma **mesa-redonda** (reunião para discutir um tema ou fazer uma deliberação), ou seja, distinguir uma **locução** composta de duas palavras independentes (**mesa redonda**) de um **vocábulo** composto (**mesa-redonda**).

Pois nossas autoridades resolveram manter este hífen apenas quando o vocábulo é composto de **dois** elementos (**pombo-correio**, **couve-flor**, **água-furtada**); quando tem mais de dois, a comissão, numa **atitude inexplicável e completamente equivocada**, decidiu suprimi-lo. Dessa forma, se fôssemos levar a sério esta sandice, substantivos compostos como **pé-de-moleque**, **fora-da-lei**, **mula-sem-cabeça** passariam a ser escritos **pé de moleque**, **fora da lei**, **mula sem cabeça**! Teríamos, pela primeira vez na História, substantivos com **espaços em branco entre os seus elementos**! Um **vocábulo** com espaços entre seus componentes? Isso não existe. A diferença entre vocábulo e locução deve ser assinalada por hífen, não importa o número de componentes que o composto venha a ter. "Ele vive **fora da lei**": é uma **locução** formada de três vocábulos. "O xerife prendeu os **fora-da-lei**": é um **vocábulo composto**.

Infelizmente, a nova edição do *Vocabulário Ortográfico* traz todos esses vocábulos sem o hífen, mas, curiosamente, classificados ora como substantivo, ora como adjetivo. Ao lado de **maria vai com as outras**, tiveram a coragem de registrar "**s.f.**". Substantivo feminino? Mas isso é uma frase completa, com sujeito, verbo e tudo mais! Sem o hífen, fica completamente impreciso o limite entre a Morfologia e a Sintaxe.

Não preciso dizer que este escandaloso equívoco, que torna o **VOLP** uma fonte pouco confiável, é a interpretação **brasileira**; os portugueses, com mais prudência, ainda hesitam em adotar o seu **VOLP**, mas todos os especialistas lusitanos que comentam o **Acordo** são unânimes em conservar o hífen de **pé-de-moleque**, **pé-de-valsa**, **pão-de-ló**, **deus-nos-acuda**, **bumba-meu-boi** e tantos outros. É assim que todos nós também devemos escrever. A Academia foi contra? Pior para ela, que vai se cobrir de vergonha por ter chancelado uma publicação tão irresponsável como esta.

derrepente?

*Boa noite, Professor! Ontem, "conversando" por e-mail com uma colega, ela me disse que **de repente** teria sofrido alteração na grafia após a Reforma, passando a ser escrito **derrepente**. Eu não acreditei, mas, como nada li sobre a Reforma, não posso afirmar que ela esteja errada. Pode esclarecer minha dúvida? Desde já, lhe agradeço.*

Isabel Costa C.

Mas que confusão fez essa sua amiga, hein, Isabel! Ela deve ter ouvido falar na nova regra que determina que vocábulos iniciados por **R**, quando receberem prefixo terminado em **vogal**, terão o **R** duplicado (**birreator**, **autorretrato**, **contrarrevolução**, **infrarrenal**, etc.) – o que é verdade. O problema é que ela não tinha nada que aplicar a regra a **de repente**! O **de**, aqui, é uma simples **preposição**, não um **prefixo**! São duas palavras separadas – **de** e **repente** –, como **de resto**, **de ré**, **de rastros**, **de relance**, entre muitos. Avise para a amiga que **derrepente** sempre será um erro cabeludo!

adjetivos pátrios ou gentílicos

Diferentes leitores perguntam sobre a manutenção – ou não – do hífen nos adjetivos gentílicos compostos.

*1) Caro Prof. Moreno, com a atual Reforma Ortográfica, os adjetivos pátrios que apresentam o hífen em sua composição, como **ouro-finense**, de Ouro Fino, **pouso-alegrense**, de Pouso Alegre, **porto-alegrense**, de Porto Alegre, dentre tantos outros, sofrerão alguma modificação em sua grafia? Em meu entendimento, não. Entretanto, encareço-lhe os esclarecimentos pertinentes.*

José Édison C. – Campinas

2) Professor Moreno, moro na cidade de Santa Cruz do Capibaribe, em Pernambuco, cujo gentílico é **santa-cruzense**. *Gostaria de saber se com o novo* ***Acordo*** *ele perderá o hífen. Em um guia vi que* ***porto-alegrense*** *continua com hífen.*

Lucinaldo T.

3) *Bom dia, professor; os gentílicos entraram na nova regra do hífen? Vamos escrever* **norte-americano** *ou* **norteamericano**?

Regina F. – São Paulo

Prezados amigos, as novas regras do hífen se referem especialmente aos vocábulos formados com **prefixos**; a grafia dos **gentílicos** (ou adjetivos pátrios) continua inalterada, seguindo as mesmas disposições que conhecemos desde 1943: **mato-grossense**, **cruz-altense**, **sul-rio-grandense**; **norte-americano**, **norte-africano**, **sul-americano**, **norte-coreano**. Agora, especialmente para o Lucinaldo (mas extensivo a todos): em ortografia, sempre podemos confiar no raciocínio por analogia. Se escrevemos **porto-alegrense**, podemos deduzir, com segurança, que **santa-cruzense** também será escrito com hífen. Se **caju** não tem acento, o mesmo vai ocorrer com **Iguaçu** e **bauru**; se **táxi** é acentuado, também o serão **ravióli** e **biquíni**. Esta é a regra máxima deste jogo: o que vale para um, vale também para os seus semelhantes.

bem-estar

*Olá, Professor Moreno! Esta nova Reforma Ortográfica introduziu alguma mudança na ortografia da palavra **bem-estar**?*

José G. – Itapema (SC)

Felizmente não, meu caro José; continuaremos a escrever **bem-estar**, como sempre fizemos. O **Acordo** não mudou nada quanto a isso; vamos colocar um hífen depois de **bem** sempre que ele se ligar a um vocábulo que **tenha existência autônoma** no nosso idioma: **bem-falante, bem-aventurado, bem-querer, bem-vindo**, etc.

Aqui, mais do que em qualquer outro lugar, ficam evidenciadas as duas funções que o hífen acumula, pois ele é, ao mesmo tempo, um sinal que **separa** e um sinal que **une** (o famoso **traço-de-união**): em **bem-estar**, ele sinaliza, ao mesmo tempo, (1) que estamos diante de um vocábulo uno, embora composto, e (2) que os dois elementos que entram em sua composição têm vida própria.

É exatamente por isso que não temos hífen em **benfazejo** ou **benquisto**; embora não seja difícil reconhecer ali a presença do radical de **fazer** e de **querer**, respectivamente, não temos mais ***fazejo** ou ***quisto** como formas livres.

O hífen depois do **Acordo**

*Gostaria de saber como ficou a escrita de **boa-fé**, com as novas regras. E as palavras **horas-extras**, **aviso-prévio** e **Advocacia-Geral**?*

Michele B. – Porto Alegre

Michele, com as novas regras, **boa-fé** será escrito... **boa-fé**. O **Acordo** só alterou as regras que envolvem formação com **prefixos**, o que não é o caso de **boa**, que aqui é um **adjetivo**. Quanto às demais – **horas-extras**, **aviso-prévio** e **Advocacia-Geral** – persiste, mesmo depois do **Acordo**, aquela indefinição intrínseca que sempre existirá entre o que é **vocábulo** e o que é **locução**. Acho importante lembrar que existe uma faixa imprecisa entre eles, uma espécie de **terra-de-ninguém** (que uns escrevem **terra de ninguém**, sem hífen – estás vendo como é?) que jamais poderá ter contornos precisos. Vemos tanto **ponto e vírgula** quanto **ponto-e-vírgula**, **aviso prévio** quanto **aviso-prévio**, etc. Eu prefiro usar hífen nestes casos, pois ele serve para distinguir a **locução** (o **aviso prévio**, isto é, o aviso que foi feito previamente, o prévio aviso) do **vocábulo** (o **aviso-prévio** – termo da linguagem jurídica que designa a comunicação da rescisão de um contrato de trabalho). Outros, no entanto, preferem deixá-los sem hífen.

pronto-socorro ou prontossocorro?

*Prof. Moreno, trabalho em uma indústria gráfica onde elaboramos e produzimos vários modelos de agendas. As novas regras de ortografia nos deixaram em dúvida em relação à palavra **pronto-socorro**. Conforme o manual que consultamos, se o prefixo terminar em **vogal** e o segundo elemento começar por **R** ou **S**, temos de duplicar essas letras. Isso quer dizer que **pronto-socorro** vai ficar **prontossocorro**? Gostaria da sua ajuda, pois achei muito estranha esta palavra!*

Daiane C.

Prezada Daiane, vocês estão fazendo uma confusão essencial: esta regra do **Acordo** a que você se refere (a duplicação do **R** e do **S**) aplica-se exclusivamente a **prefixos** (**contra**, **infra**, **ante**, **anti**, **auto**, **supra**, **semi**, **neo**, etc.) e a **prefixoides** (elementos gregos e latinos que funcionam como se prefixos fossem: **macro**, **micro**, **hidro**, **geo**, **bio**, **termo**, **nefro**, etc.). Por isso, [anti+semita], **antissemita**; [supra+renal], **suprarrenal**; [mini+saia], **minissaia**; [bi+reator], **birreator**; [auto+retrato], **autorretrato**.

Por outro lado, os vocábulos compostos de substantivos, adjetivos, verbos, etc. (entenda-se: os que não são formados pelo acréscimo de um prefixo, mas sim pela união de dois ou mais vocábulos existentes no idioma) continuam a ser escritos **com** hífen, como sempre foram: **pronto-socorro**, **ítalo-soviético**, **mestre-sala**, **puro-sangue**. Parece que isso não ficou bem claro na divulgação do **Acordo**, pois esta tem sido uma pergunta recorrente de leitores de toda parte.

minissalada

*Prezado professor, sou redator e estou atualizando um cardápio em que constam as opções **mini bolo**, **mini torta**, **mini salada**. Pois bem, pelo novo Acordo Ortográfico estas palavras passam a ser **minibolo**, **minitorta**, **minissalada**?*

Ari D. – São Paulo

Meu caro Ari, assim já se escrevia antes do **Acordo**, assim vamos continuar a escrever depois dele: **minitorta**, **minibolo**, **minissalada** – formas que eu acho horripilantes! Se fosse eu o dono do restaurante, eu escreveria no cardápio **torta míni**, **bolo míni**, **salada míni**, muito mais aceitável (**míni**, usado em separado, tem acento).

ecossustentabilidade?

? *Olá, caro professor. Acho que o aumento da consciência ecológica, criou um probleminha para a língua – ainda mais agora, que estamos de ortografia nova. Embora os dicionários ainda se omitam quanto a esta palavra, já a encontrei na rede com três grafias diferentes:* **eco-sustentabilidade, ecossustentabilidade** *e* **ecosustentabilidade**. *O senhor pode me dizer qual delas eu devo usar?*

Fernando G. – São Paulo

Meu caro Fernando, não há problema algum: pelo sistema vigente **antes** do **Acordo**, o elemento grego **eco-** nunca era seguido de hífen. Escrevia-se, portanto, **ecossustentabilidade** (o **S** deve ser duplicado; caso contrário, como está entre duas vogais, passaria a representar o som de /z/).

Agora, pelo **Acordo**, **eco-** vai ter hífen quando se ligar a um vocábulo que comece por **H** ou por **O** (eu não conheço nenhum, por enquanto, mas posso imaginar uma hipotética **eco-organização**, ou uma animada **eco-olimpíada**...). Como esse não é o caso de **sustentabilidade**, você vai ter de duplicar o **S** e escrever exatamente como antes: **ecossustentabilidade**, no mesmo modelo de **ecossistema**, há muito dicionarizado.

minissaia e microrregião

> *Prof. Moreno, estou estudando para concurso público e me deparei com palavras novas ao estudar o emprego do hífen: **audiosseletivo**, **cardiorrenal**, **microrregião**, **psicossocial**, **minissaia**... Pelo meu humilde Português posso afirmar que dá para aceitar a ausência do hífen, mas não consigo entender a repetição do **R** e do **S**. Por isso, venho pedir sua ajuda.*
>
> Mariana L.

Prezada Mariana, o fato de não usarmos hífen com esses prefixos traz evidentes consequências ortográficas. O princípio é muito simples (e muito antigo): se escrevermos *microregião, o **R** isolado entre duas vogais vai ser lido com o som de /r/ fraco (como em **caro** ou **tiro**); é por isso que temos de duplicá-lo. O mesmo acontece com o **S**; ***minisaia** será lido como /minizaia/, se não duplicarmos o S.

Você não deve estranhar este procedimento; pelas regras do novo **Acordo**, ele vai ocorrer todas as vezes em que um prefixo **terminado por vogal** encontrar um vocábulo iniciado por **R** ou **S**: **autossuficiente**, **antissemita**, **hidrossanitário**; **contrarregra**, **autorregulável**, **semirreta**. Vamos demorar um pouco a nos acostumar a essa nova forma, mas sou obrigado a reconhecer que assim é bem mais racional.

Beira-Rio ou Beirarrio?

*Prof. Moreno, trabalho para um semanário do interior do estado, cujo editor, que é gremista, parece estar louco para utilizar a Reforma Ortográfica contra tudo que refira ao nosso querido Internacional. Ele sugeriu que, pelas novas regras, o estádio da Beira-Rio deve passar a ser escrito **Beirarrio**, sem hífen e com o **R** duplo, como **biorritmo** ou **antirreligioso**. **Beirarrio**! Argh! O senhor poderia esclarecer esta dúvida? Respeitamos muito sua opinião.*

Márcio – Santa Maria (RS)

Meu caro Márcio, diga aí para esse editor que essa regra da duplicação do **R** vai se aplicar apenas a vocábulos formados com **prefixos terminados em vogal**: [auto+regulação] = **autorregulação**; [semi+reta] = **semirreta**. Os vocábulos compostos de dois ou mais substantivos, adjetivos, verbos ou advérbios (ou seja, não formados por prefixação) vão continuar a ser escritos como sempre foram: **porta-retrato**, **bomba-relógio**, **caga-regras**, **coisa-ruim**, **guarda-roupa**, etc. Ora, como **beira** está muito longe de ser um prefixo, pois é um substantivo, e bem concreto, vamos continuar escrevendo **beira-rio**; o nosso generoso estádio, portanto, continua a ser o **Beira-Rio**.

Repetição do hífen na translineação

Prezado Professor, com o grande sucesso do uso do computador para se redigir textos, tenho observado que raramente ocorre a separação das sílabas das palavras (translineação), pois os programas se incumbem de ajustá-las ou passá-las para a outra linha, com exceção das formas pronominais. Neste caso, como proceder quanto ao hífen de separação? Deve-se colocar apenas um hífen no final da linha ou há obrigatoriedade de colocar também outro no início da linha seguinte? Onde encontrar sobre este assunto? O que dizem sobre isso a NGB (Nomenclatura Gramatical Brasileira) e a ABNT (Associação Brasileira de Normas Técnicas)?

Tenho uma amiga que é professora de Língua Portuguesa aposentada, formada há trinta anos, ex-aluna de Evanildo Bechara e Celso Cunha, que afirma ter aprendido com eles a obrigatoriedade do uso do traço de separação no final da linha e também no início da próxima linha. Ela está correta?

Marilema P. – Rio de Janeiro

Prezada Marilema: não existe tal regra na NGB, que só enumera os títulos e as divisões da Gramática (jamais se ocupou de ortografia). A ABNT, por sua vez, emite apenas normas técnicas; não tem competência para discutir ortografia e, sejamos justos, jamais tentou mesmo. A autoridade é a Academia Brasileira de Letras, através dos seus Vocabulários Ortográficos, editados exatamente para mostrar, concretamente, a aplicação das regras dos acordos assinados entre o Brasil e os demais países lusófonos. Atualmente, escrevemos dentro dos parâmetros do Acordo de 1943, com a mínima modificação introduzida pelo Acordo de 1971. Nada houve desde então, a não ser tentativas que, se os deuses me ouvirem, continuarão infrutíferas. O Brasil não precisa mais de reformas ortográficas. [Quando escrevi essas linhas, mal podia suspeitar que vinha chegando uma desastrada reforma, aos trancos e barrancos...]

Quanto à sua dúvida específica, o Acordo de 1943 não diz nada sobre ser "aceitável" ou não a repetição do **hífen** (ou **traço-de-união**) no início da nova linha, se o hífen de **palavras compostas** e de **pronomes oblíquos** for o último caractere da linha anterior. No entanto, no texto do próprio **Acordo** ocorrem várias coincidências desse tipo, e em nenhuma delas o hífen foi repetido – o que implica dizer que, ao menos **implicitamente**, o uso oficial **não** nos obriga a esta prática.

Esse costume tinha vários defensores quando o texto, manuscrito ou datilografado, era entregue ao tipógrafo para ser composto. Como as linhas do original raramente iam coincidir com as linhas do texto impresso, o autor, por precaução, podia usar o hífen repetido para ter certeza de que o vocábulo seria grafado corretamente na hora da composição. Vamos imaginar que, no meu texto original, os vocábulos **contraproposta** e **contra-ataque** tivessem de ser divididos por translineação, e, em ambos os casos, as linhas terminassem exatamente na divisa do prefixo (**contra-**). Como iriam começar as linhas seguintes? O normal seria iniciar uma por **proposta** e a outra por **ataque** – e assim eu faço, e assim faz praticamente todo o mundo que escreve em Português hoje em dia. Naquela época, no entanto, em que existia a figura intermediária do tipógrafo, havia o risco dele não saber distinguir se aqueles hifens eram apenas os hifens normais da translineação (como em **contraproposta**), ou se eram hifens internos de um vocábulo composto (como em **contra-ataque**). Quando esses vocábulos caíam no meio da linha impressa, o tipógrafo era obrigado a tomar uma decisão sobre a forma de grafá-los; dependendo da sua cultura ortográfica, poderia cometer erros como ***contra-proposta** ou ***contraataque**. Por isso, para evitar esse equívoco (não muito provável, porque os tipógrafos geralmente sabiam muito mais ortografia que a maioria dos autores), eu **poderia** repetir o hífen no início da linha no caso de **contra-ataque** (...**contra-/-ataque**). Muitos autores adotavam esse mecanismo de precaução também com o hífen dos pronomes oblíquos, para evitar confusão em pares como **ver-te** e **verte**, **impor-te** e **importe**, **alinha-vos** e **alinhavos**, **ter-nos** e **ternos**, **ver-me** e **verme**, etc.

Hoje não vejo muita razão para continuar fazendo isso. O recurso de **justificação** das linhas nos modernos processadores eliminou consideravelmente a partição das palavras na margem direita do texto e, na maioria das vezes, a eventual confusão que se pretendia combater com esse hífen repetido fica desfeita, de modo muito mais eficiente, pelo contexto (confundir **ver-me** com **verme** é de amargar!). É claro que nada proíbe o uso desse hifenzinho repetido, Marilema, assim como ninguém proíbe o uso daquelas polainas do Tio Patinhas – mas ambos são traços decididamente anacrônicos.

Você deve ter percebido que o debate é sobre a **possibilidade** de repetir o hífen, mas não sobre a sua **obrigatoriedade**, que nem entra em cogitação. A memória deve estar pregando uma peça à sua amiga; jamais Bechara ou Celso Cunha diriam que esse hífen duplo é obrigatório.

Com o novo Acordo – Parece que o novo **Acordo** está decidido a revogar o que já estava consolidado desde 1943, mesmo que não haja um motivo que justifique esse rompimento. Eles não erram nunca, quando se trata de acertar no alvo trocado! Pois não é que o texto atual considera **obrigatória** essa prática de repetir o hífen no início da linha seguinte? Estranho muito que ressuscitem um procedimento tão retrógrado, principalmente se considerarmos que o **Acordo** elimina o trema e vários acentos sob a alegação (legítima, aliás) de que o sentido e o contexto eram suficientes para desmanchar as eventuais dúvidas do leitor – o que deveria ser razão suficiente para não repetir esse hífen bizarro no início da linha.

hífen ou travessão

1) Sílvio Gomes, de Santos, diz que sempre distinguiu o **hífen** do **travessão** (encontrável, segundo ele, digitando-se **Alt+0151** no teclado numérico). Por isso mesmo não entende por que a imprensa trata os dois sinais da mesma forma. "Afinal, eles não têm diferenças de forma e de emprego?"

Meu caro Sílvio, você tem razão ao dizer que não são caracteres iguais, embora a prática da imprensa, no Brasil, esteja fundindo as duas coisas. Eu sempre os distingo, quando escrevo; abri a janela de "Symbol", no Word, e atribuí ao travessão uma combinação cômoda de teclas. A diferença fundamental entre eles é o âmbito em que aparecem. O **hífen** está restrito ao âmbito do **vocábulo**; serve para separar sílabas ou unir os elementos que formam um vocábulo composto. O **travessão** é um sinal de pontuação da **frase**, com vários empregos importantes que serão examinados oportunamente no volume sobre a pontuação. Uma de suas funções é ligar o ponto inicial e o ponto final de um trajeto ou de um período de tempo: a rodovia **Belém–Brasília**, o triênio **1971–1974**, e assim por diante.

Agora, se você quiser precisão milimétrica, deve ler os livros de editoração em Inglês. Ali, eles distinguem entre o *m-dash*, o *mm-dash* e o *mmm-dash* – velha denominação tipográfica que se refere a um travessão da largura de **uma**, **duas** ou **três** letras **M**, cada um com seu emprego distinto.

2) *Prezado professor, não consigo perceber diferenças entre o* **hífen** *e o* **travessão**, *fora o fato do segundo ter mais ou menos o dobro do tamanho do primeiro. Tenho visto, em seu site, que o senhor às vezes usa o travessão duplo no lugar de vírgulas, mas também lembro que usávamos, na escola, este sinal para indicar a mudança da pessoa no diálogo. Existe uma diferença clara entre eles?*

Homero Z. – Goiânia

A diferença fundamental entre os dois sinais, meu caro Homero, é o seu âmbito de atuação. O **hífen**, presente no teclado, é um sinal que atua **no interior** do vocábulo; o **travessão**, que se obtém digitando (no teclado numérico) 0151, enquanto se mantém a tecla ALT pressionada, é um sinal de **pontuação interna da frase**.

É por isso que usamos o **hífen** apenas em três situações: (1) para indicar que dois vocábulos formam um novo vocábulo composto (**couve-flor, decreto-lei**); (2) para ligar o pronome enclítico ao seu verbo (**fazê-lo, vendeu-o**); e (3) para separar as sílabas numa eventual translineação. É por causa disso – por esse uso exclusivamente morfológico, e não sintático – que o hífen não é considerado, propriamente, um "sinal de pontuação", mas um simples sinal ortográfico, como os **acentos**, o **til** ou o **trema**.

O **travessão** já é vinho de outra pipa; ele serve (1) para indicar, num diálogo, o início da fala de um personagem; (2) para, exatamente como os parênteses, indicar a intercalação de um elemento na frase (como eu próprio fiz, no último período do parágrafo anterior); (3) para introduzir, ao final de um argumento ou de uma enumeração, uma síntese ou conclusão ("Imagine um entardecer de domingo, escuro e frio, debaixo de uma chuva fina, numa estaçãozinha de trens do interior do estado – uma verdadeira desolação!"; (4) para indicar o ponto inicial e final de um percurso ou de um espaço de tempo: a ponte **Rio–Niterói**; a obra de Tobias Barreto (**1839–1869**).

Com o novo Acordo – Eu já devia saber que, quanto mais rezo, mais assombração me aparece! Pois não é que esse primor de Acordo Ortográfico, que consegue ser, a cada dia, pior do que na véspera, determina, com todas as letras, que devemos usar o **hífen**, e não o **travessão**, para os dois pontos extremos de um trajeto? Ou seja, segundo eles, deveríamos escrever "Ponte **Rio-Niterói**", e não "**Rio–Niterói**", desrespeitando, de uma vez por todas, o limite entre o que é **vocábulo composto** (com hífen) do que é uma **locução** (com travessão)! É mais um ponto na lista do que vai ter de ser revisado por essas desastradas "autoridades"...

regulamentação do hífen

*Gostaria de saber se as palavras **Advocacia-Geral** e **Procurador-Chefe** têm hífen ou não, e como se justifica. Muito grato.*

Protásio B.

Meu caro Protásio, pouca coisa existe de regulamentado quanto ao uso do hífen. Podemos ter alguma certeza com os **prefixos** (**sub-reitor**, **neo-ortodoxia** e **inter-relacionado** têm hífen, ao contrário de **subordem**, **neoliberal** e **interestadual**); com **gentílicos compostos** (**mato-grossense**, **rio-grandense**); com adjetivos reduzidos (**infanto-juvenil**, **austro-húngaro**). A grande maioria dos compostos, no entanto, é hifenizada por **costume**, apenas. **Não há regra**! Isso pode parecer assustador, mas na prática vai funcionando muito bem (principalmente porque ninguém tem segurança para cobrar o certo e o errado). Escrevemos **mão-de-obra** com hífen por uma espécie de consenso; nada nos obrigaria a fazê-lo. O *Aurélio* registra assim, o *Houaiss* registra assado, o *VOLP* dá a versão da Academia: são valiosas opiniões, mas opiniões de seres humanos, nada mais. Há um exemplo que gosto muito de mencionar, porque deixa às claras essa indefinição: o sinal de pontuação "**;**" é chamado, pelos gramáticos mais tradicionais, de **ponto e vírgula**; pelos mais modernos, de **ponto-e-vírgula**. Eu prefiro esta última, mas sei que a outra tem ilustres e sábios defensores. Ora, se isso acontece no próprio acampamento gramatical, o que não diremos dos demais? **Procurador-Chefe** ou **Procurador Chefe**? Eu prefiro com hífen, mas acho que você deve seguir a sua intuição e, principalmente, o costume do meio em que você se move.

Ultrassom

Professor, gostaria de consultá-lo sobre como devem ser escritos os seguintes compostos: (1) ul-

tra-som ou *ultrassom*? *(teste* **ultra-sônico** *ou teste* **ultrassônico***?); (2)* **micro-estrutura** *e* **micro-estrutural***, ou* **microestrutura** *e* **microestrutural***? Essas dúvidas ficam ainda mais fortes porque a maior parte da literatura que aplica estes vocábulos é escrita em Inglês e usa ultrasonic, ultrasound; microstructure, microstructural.*

Euclydes T. – São Paulo (SP)

Meu caro Euclydes, vamos por partes:

(1) **Ultra** é um daqueles prefixos que terão hífen antes de vocábulo iniciado por "**h**" ou pela vogal "**a**". Como em todos os demais casos ele não receberá hífen, aqui vai ocorrer a inevitável duplicação do "**s**". Assim como temos **surgir** e **ressurgir**, **suscitar** e **ressuscitar**, teremos **ultrassom**, **ultrassônico**, **ultrassonografia**, da mesma forma que escrevemos **ultrassecreto**, **ultrassensível**, **ultrassofisticado**;

(2) Por outro lado, **micro** e **macro**, dois elementos de origem grega, presentes em centenas de compostos, só vão ter hífen quando vierem antes de vocábulo iniciado por "**h**" ou "**o**". Logo, **microestrutura** e **microestrutural**, **microssistema** e **microrregião**, mas **micro-ônibus**, **micro-história**, **micro-onda**. Nossas regras de hífen são decididamente diferentes das regras do Inglês.

micro-hábitat?

*Prezado Professor, existe, afinal, alguma regra confiável para o emprego do hífen depois de **micro, macro, mini**? No **Aurélio-XXI** não encontrei hífen ligando os prefixos **mini** e **macro**, mas encontrei **micro-hábitat**. **Macro e mini** também teriam hífen diante de palavras com **H**?*

Gerusa Martins

Minha cara Gerusa, em princípio, **micro**, **macro** e **mini** só devem receber hífen quando se ligarem a vocábulo iniciado por "h" ou pela vogal que trazem no final ("o" para macro e micro, "i" para mini). **macro-organização**, **micro-onda**, **mini-indústria**, **mini-hélice**; isso nos obriga a uma série de incômodas (mas necessárias) adaptações ortográficas, tais como **microrregião**, **macrossistema**, **minissaia**, etc. Este hífen em **micro-hábitat**, portanto, está dentro do que foi prescrito pelo novo **Acordo**.

Estranho, apenas, o acento colocado em *habitat* no *Aurélio-XXI*. Este vocábulo permanece em sua forma latina – isto é, **não** foi aportuguesado ainda, como se pode perceber pelo "t" que encerra a última sílaba (fonema inaceitável, nesta posição, no padrão silábico de nosso idioma). Ora, se ainda não entrou no sistema, não pode submeter-se a nossas regras de acentuação – assim como *habeas corpus* não leva acento nem hífen porque ainda se mantém em sua forma latina original. O ***Houaiss***, mais preciso, registra este vocábulo sem acento e com o itálico recomendado para as palavras exóticas ao Português (*habitat*).

alto-falante ou auto-falante?

> O **alto-falante** faz parte do equipamento de som do **automóvel**; por que não escrevemos **auto-falante**, à semelhança de **auto-escola**?

*Prezado Doutor, vejo muitas vezes escrito **autofalante** e **auto-falante**, mas creio que a forma correta é **alto-falante**, pois vem de **alto** e não de **auto**. Ou seja, acho que não quer dizer que "fala sozinho", mas sim que "fala alto". Poderia me esclarecer? Grato.*

Juan G. – São Paulo (SP)

Meu caro Juan, realmente, um **alto-falante** é um dispositivo que "fala alto". É composto do advérbio **alto** (que é invariável) mais o antigo particípio presente **falante** (como **bem-pensante**). No plural, portanto, só pode formar **alto-falantes**.

O problema que as pessoas têm com este vocábulo já começa no nível fonológico. Você já deve ter percebido que, em nosso idioma, o **L** em final de sílaba é normalmente realizado como um /u/: **mel** soa

/méu/, **animal** soa /animau/ e o Ed Motta pode cantar tranquilamente "**Manuel** foi pro **céu**" sem assassinar a rima. Esse fenômeno, embora perfeitamente inofensivo na esmagadora maioria dos casos, vai tornar indistinguíveis, na fala, pares como **mau** e **mal**, **alto** e **auto**. Está aberta a porta para a confusão.

Como os alto-falantes fazem parte do equipamento de som do automóvel, eu também já vi, em muitas lojas especializadas, a grafia *****auto-falante**. É claro que isso está errado, Juan, mas não se trata aqui do uso indevido do prefixo **auto** com o sentido de "a si mesmo" – como no fogão de forno **autolimpante**, que, segundo a lenda, teria a capacidade de limpar a si mesmo! Parece-me, antes, a crença errônea de que os **alto-falantes** sejam parte do **automóvel**; por isso, usam **auto** pensando tratar-se de algo assim como **autopeças, autódromo, automecânica, autoescola**.

Minha convicção de que essa foi a origem do erro ficou ainda mais reforçada quando percebi que muitos técnicos de sonorização para ambientes, para espetáculos, etc., utilizam apenas **falantes**, como se estivessem preocupados em frisar que não se trata de som de carro: "Aqui vamos instalar doze **falantes**". Essa forma, por ser mais curta e por evitar a velha dificuldade do plural dos compostos, talvez até venha, no futuro, a substituir **alto-falante** – na mesma direção seguida pelo Inglês, que de *loud speaker* está passando a usar apenas *speaker*.

por isso ou porisso?

> Se **por que** às vezes se escreve **porque**, também não poderíamos escrever **porisso** como um único vocábulo?

*Professor, lembro que nos meus áureos tempos de estudante (e eles já se vão um tanto longe) eu costumava usar a grafia **porisso**, nunca tendo sido contestado pelos meus mestres. Todavia, hoje, várias vezes já chamaram minha atenção, dizendo que **porisso** não existe e que, em seu lugar, eu deveria usar **por isso**. Será que isso procede?*

Edilberto L. – São Paulo (SP)

Meu caro Edilberto, nunca foi correto usar ***porisso**. Na verdade, trata-se de uma locução formada pela preposição **por** mais o pronome **isso**; se fossem juntáveis, teríamos também as horripilantes formas ***poristo** e ***poraquilo**, com a mesma composição. Se os seus mestres não estrilavam, é porque talvez não tenham notado. Você teve mais sorte que juízo.

Agora, se isso lhe serve de consolo, saiba que escrever ***porisso**, sem o espaço, é um daqueles

erros naturais, isto é, um daqueles erros que cometemos com mais frequência por existir uma força que nos empurra perigosamente em sua direção – mais ou menos assim como a gravidade nos ajuda a cair quando estamos aprendendo a caminhar. Trata-se aqui da hesitação em usar ou não o **espaço em branco**, um dos importantes (e muitas vezes esquecido) componentes do sistema da escrita. Há uma forte hesitação na hora de grafar esta e outras locuções, uma vez que é difícil, em muitos casos, determinar se estamos diante de elementos múltiplos, que devem ser grafados individualmente, ou se eles já são percebidos pelo sistema como um vocábulo único. Se você olhar com um pouco mais de atenção, não vai deixar de notar que vocábulos como **porventura**, **depressa**, **devagar** foram, um dia, expressões formadas por uma **preposição** mais um **substantivo** (por+ventura, de+pressa). Não é de estranhar, portanto, que se tente escrever ***porisso**, ***apartir** ou ***derrepente**, erros que encontro por toda parte. Abraço, e olho vivo!

demais e de mais

Nem sempre é fácil determinar quando se deve usar o famoso espaço em branco entre as palavras.

? *Caro Professor, nunca tenho certeza quando devo usar **demais** (uma só palavra) ou **de mais** (duas). Não ficou claro nas gramáticas que consultei. Acho que os exemplos se contradizem e, quanto mais estudo, mais confusa eu fico. O senhor tem uma boa regra para isso?*

Juçara – Londrina (PR)

Minha prezada Juçara, em linguagem, como na vida, certas coisas são como são. Se um geólogo estuda um lençol de areia movediça e o faz assinalar em todos os mapas, ganham os viajantes, que passarão por ali com todo o cuidado – mas essa areia não vai ficar menos móvel só por causa disso. O mesmo ocorre, em Português, nessa nebulosa região em que se misturam **vocábulos** e **locuções**. Ali a luz é escassa e a sombra é espessa; ali formas como **debaixo**, **demais**, **detrás** convivem com locuções como **de baixo**, **de mais** e **de trás**. Meu mapa diz que essa parte do terreno não está bem sedimentada, e o máximo que eu posso fazer por você é mostrar algumas coisas básicas que aprendi nos tantos anos em que vivi nesse território.

1) Usamos o vocábulo **demais** em duas situações básicas (vamos deixar de fora expressões como **de mais a mais**, etc.). Primeiro, como **advérbio de intensidade** (é um irmão de **muito**, **pouco**, **bastante**, etc.), com o sentido de "excessivamente, além da

conta" ou de "muitíssimo". Devemos lembrar que esse tipo de advérbio pode modificar um verbo, um adjetivo ou mesmo outro advérbio (os demais só modificam verbos):

Eu **falei** demais. Vocês **comem** demais. O relógio é **caro** demais.

Isso é **bom** demais! Ela canta **bem** demais! É **tarde** demais!

Em segundo lugar, esse **demais** pode ser um **pronome indefinido**, significando "os outros, os restantes". Como é um **pronome adjetivo**, sempre vai acompanhar um **substantivo** (expresso ou elíptico):

Convidaram Laura e os **demais** colegas.

Contrate este candidato e dispense os **demais**.

2) Usamos a locução **de mais**, formada pela preposição **de** e o advérbio **mais**, para significar "de sobra", "a mais", opondo-se simetricamente à locução **de menos**:

Cuide para não colocar sal **de mais** no churrasco.

Uns têm coisas **de mais**, outros **de menos**.

O *Aurélio* registra, também, o sentido "capaz de causar estranheza; anormal":

Não vejo nada **de mais** em sua resposta.

Essas distinções vão ajudá-la a navegar com serenidade no mar de nosso idioma. Afinal, os simples viajantes não precisam saber que, lá das profundezas, espreitam perigos que preferimos nem conhecer. Um espírito de porco poderia contrapor "ela falou **demais**" ("excessivamente") com "ela estudou **de mais**" (por oposição a "ela estudou **de menos**"), mas seria o caso de jogá-lo por cima da borda e continuar a viagem.

detrás, de trás

Mostramos, mais uma vez, quão importante pode ser o espaço em branco deixado entre as palavras.

*Professor, na sua resposta sobre **demais**, o senhor mencionou também o caso de **detrás** e **debaixo**, dizendo que eles também podem ser escritos como dois vocábulos separados. Quando está correto escrever **de trás** e **de baixo**?*

Wellington C. – Brasília

Meu caro Wellington: acho que **detrás** e **debaixo** são um pouco mais simples que o movediço **demais**; nosso idioma parece estar marcando, aqui, a distinção entre "lugar onde" e "lugar **de** onde". Compare:

(1) Ele estava **debaixo** da cama. (onde)

(2) Ele saiu **de baixo** da cama. (de onde)

Na frase (2), **de baixo** se opõe a **de cima**; é a mesma oposição que vamos encontrar em "ele mora no andar **de baixo**", "ele mora no andar **de cima**".

O advérbio **detrás** também expressa "lugar onde"; é sinônimo de **atrás**. A expressão **de trás** expressa "lugar de onde"; essa preposição **de** é exigida por um grupo expressivo de verbos de movimento. Compare:

(3) Ele escondeu-se **detrás** da pedra. (onde)

(4) Ele veio **de trás** da pedra. (de onde)

(5) Tirou o violão **de trás** do armário. (de onde)

Nas frases (4) e (5), **de trás** se opõe a **da frente**; é a mesma oposição que vamos encontrar em "de trás para a frente, da frente para trás". Como você pode ver, a paisagem é aqui mais definida que no caso do **demais** – mas nem tudo são rosas, quando se trata desse diabólico espacinho em branco. Pense, por exemplo, na frase "A criatura surgiu **detrás/de trás** da pedra"; **separado**, significa que ela veio de lá; **junto**, que foi lá que ela nasceu (ou se materializou...). Tenho certeza de que poderíamos encontrar vários pares interessantes como esse, se ficássemos remexendo nesse poço.

Curtas

extracurricular

> Ronaldo, de Santos (SP), criou em seu "curriculum vitae" uma seção de "cursos **extra-curriculares**" e precisa saber se está certo assim, com hífen, ou se deveria escrever tudo junto.

Prezado Ronaldo, escreva **extracurriculares**, do mesmo modo como vamos escrever **extraclasse**, **extranumerário**, **extraconjugal**, etc. Sem hífen.

compostos com **hemi-**

> Grasiela, de Florianópolis (SC), está redigindo sua tese de doutorado em Odontologia e gostaria de saber se a palavra **hemimandíbula** está correta ou se necessita do hífen.

Minha cara Grasiela, apesar de ser um mostrengo, escreva **hemimandíbula**. O elemento **hemi-** (metade) só tem hífen antes de "**h**" (hemi-hidratado) ou, hipoteticamente de "**i**"; em todos os demais casos, sempre vai ser usado **sem hífen**. Da mesma forma, vamos escrever **hemialgia**, **hemicrania**, **hemifacial**, **hemiplégico**.

hífen com **macro-**

> Eiji quer saber se **macrofluxo**, palavra utilizada em sua área de trabalho mas inexistente nos dicionários, deve ser escrita com ou sem hífen.

Meu caro Eiji, as novas regras de hífen estabelecem que o elemento **macro** só tem hífen quando vem antes de "**h**" ou de "**o**". Em todos os demais casos, ele **jamais** será hifenizado. Por isso escrevemos **macroe-**

conomia, **macroatacado**, **macrobiótica**, **macrofluxo**, seja lá o que for.

seminovos

> A leitora Denise trabalha numa agência de publicidade, onde surgiu uma discussão sobre o uso do hífen na palavra **seminovos**. "Verifiquei na gramática e cheguei à conclusão que é sem hífen, mas como já li em muitos anúncios a palavra hifenizada, preferi consultar um especialista."

Prezada Denise, o prefixo **semi-** só pode ter hífen antes de palavras começadas por "h" ou por "i" (**semi-humano**, **semi-internato**). Antes das demais letras do alfabeto ele **jamais** vai ser hifenizado: **semidireto**, **seminua**, **semicírculo**, **seminovo**. Esse nem ao menos é um daqueles casos discutíveis ou duvidosos; ao contrário, é daqueles básicos e elementares. Se você tem uma boa gramática, deve acreditar nela. **Seminovo** não tem hífen mesmo!

subobjeto

> Rogério gostaria de saber se a grafia correta é **sub objeto** (com espaço), **sub-objeto** (com hífen) ou **subobjeto** (tudo junto).

Caro Rogério, o prefixo **sub** é uma **forma presa** e não pode ser usado isoladamente, o que elimina o "sub objeto". Além disso, este prefixo somente vai ter hífen antes de palavras iniciadas por "**r**", "**b**" ou "**h**" (**sub-reitor, sub-base, sub-habitação**). Por isso, por horrível que pareça, devemos escrever **subobjeto**, como **subestação, subordem, subagência, subgerente, subsolo, subaxilar** e por aí vai a valsa.

georreferenciamento

> Eliana, funcionária da Secretaria do Meio Ambiente, está fazendo um trabalho que abrangerá o estado de São Paulo inteiro e tem dúvidas quanto à grafia correta da palavra **georreferenciada**.

Minha cara Eliana, vocábulos em que aparece o elemento grego **geo** ("terra", em Português) só terão hífen antes de "**h**" e de "**o**"; por isso, **geopolítica, geofagia, geossíncrono** e, *ipso facto*, **georreferenciada**. É feio, mas é assim.

subchefe

> Célia e Helena, de Jundiaí, gostariam de saber minha opinião: escrevemos **subchefe** (como está no ***Aurélio***), ou **sub-chefe** (segundo o prof. Douglas Tufano)?

Minhas caras, o prefixo **sub** só vai ter hífen antes de vocábulos iniciados por "**r**", "**b**" ou "**h**": **sub-raça, sub-biblioteca, sub-humano**. São pouquíssimos vocábulos. Em todos os demais casos – friso: em todos os demais casos! – ele não vai ser hifenizado: **subordem, subgerente, subchefe, subsolo, sublocação**, etc. Não sei o que o prof. Tufano diz sobre isso, mas não acredito que ele vá defender um mostrengo como ***sub-chefe**. Vocês devem ter-se enganado.

bem-vinda

> Antônio, de Caxias (RJ), quer saudar a sua filha que vai nascer com uma faixa de boas-vindas, e precisa saber se está certo escrever "Giovana Seja Benvinda".

Meu caro Antônio, a faixa para a sua filhinha deve ser assim escrita: **Giovana, seja bem-vinda!** – com **vírgula** depois do vocativo e **hífen** no composto. Assim ela já vai nascer sob o signo da linguagem correta, o que é sempre de bom augúrio. Abraço, e felicidades.

semi- e multi-

> Pergunta a leitora Marlene, que trabalha numa empresa de material de segurança e está preparando a edição dos novos catálogos: o correto é escrever **semi-máscara** ou

semimáscara? É **multigás** ou **multi-gás**? As revistas usam com hífen, mas ela não acredita.

Prezada Marlene, em primeiro lugar, é **semimáscara**, da mesma forma que **semidireto**, **semicolcheia**, **seminua**, **semimorto**, etc. (**semi** leva hífen só antes de "**h**" e de "**i**"). Para **multi**, o hífen está previsto antes de "**h**" ou de "**i**" (ainda não há vocábulos em que isso aconteça, mas um dia eles haverão de surgir). Em todos os demais casos, escrevemos sem hífen: **multifacetado**, **multimilionário**, **multifocal**, **multigás**. As revistas podem ser especializadas na área de segurança, mas não o são em Português.

pentacampeão

Lys Nunes Osório, de Canoas (RS), quer saber como se escreve: é **penta-campeão** ou **pentacampeão**?

Prezada Lys, escreva **pentacampeão**, sem hífen. Lembre que os prefixos numéricos – **bi**, **tri**, **tetra**, **penta**, **hexa**, etc. – só vão ter hífen antes de palavra começada por "**h**" ou pela vogal final de cada prefixo: **bi-harmônico**, **bi-iodeto**, **tri-hibridismo**, **penta-atleta**, **hexa-hidrato**. Em todos os demais casos, não serão hifenizados: **birreator**, **trifásico**, **hexadecimal**, **pentacampeão**, **bissexual**, etc.

soroteste

> Lúcia quer saber se **soro teste** e **soro controle** se escrevem com hífen, juntas ou separadas. "Por analogia, de acordo com o *VOLP* (**sororreação**, **sororreagente** e outras), eu as usaria como sendo uma única palavra (juntas, sem hífen). Está correto?"

Minha cara Lúcia, você estava seguindo o caminho certo; se **sororreação** é tratado como vocábulo uno, podemos concluir que todos os demais compostos com o elemento **soro** também o serão: **soroteste**, **sorocontrole**, **sorocoagulação**, etc.

minirreforma

> Vania, de Jaboticabal (SP), estranhou a seguinte manchete da *Gazeta Mercantil*: "A **minirreforma** deu mais poderes à Receita Federal". O termo **minirreforma** está correto?

Prezada Vânia, o prefixoide **mini** (elemento que se assemelha a um prefixo verdadeiro) só admite hífen antes de "**h**" ou de "**i**"; é por isso que temos combinações como **minissaia**, **minissistema**, **minirreforma**, em que o "**s**" ou o "**r**" precisam ser duplicados para manter o som original.

ante-sala

> Andréia Bueno, de Porto Alegre, ficou em dúvida quanto à grafia correta de **ante-sala**. O *Aurélio* dá **ante-sala**, mas o *Dicionário Universal*, on-line, aponta a forma **antessala**.

Prezada Andréia, o seu *Aurélio* deve ser anterior ao **Acordo**, quando realmente se escrevia **ante-sala**. Agora o prefixo **ante** só vai ter hífen antes de vocábulos começados por "**h**" ou por "**e**" (**ante-histórico**, **ante-estreia**). Em todos os demais casos, não será hifenizado: **antessala**, **antessacristia**, **antessocrático**. O *Dicionário Universal*, por ser on-line, sempre vai estar mais atualizado do que a versão em papel; lá você vai encontrar **antessala**.

megassena

> Claudinei, de Piracicaba (SP), leu que o prefixo **mega** não é separado por hífen. "Se unirmos este prefixo a palavras iniciadas por **S**, devemos dobrar esta letra?"

Meu caro Claudinei, o prefixo **mega** só é seguido de hífen depois de "**h**" ou de "**a**". Portanto, sempre que ele se juntar a vocábulo iniciado por "**s**", essa letra deverá ser dobrada, para que não fique sozinha entre duas vogais: **megassistema**, **megassena**,

megassísmico. Se escrevêssemos *****megasistema**, a leitura indicada seria /megazistema/, porque a letra "**s**" intervocálica representa o fonema /z/. Essa duplicação do "**s**" e do "**r**" iniciais, aliás, acontece também com qualquer outro prefixo que termine em vogal: **macrorregião**, **macrossistema**, **microssonda**, **ressurgir**, etc.

4. Como se diz

A hesitação sobre a **grafia** de uma palavra é mais frequente que a hesitação sobre a sua **pronúncia**, o que é muito natural. O brasileiro sabe que existe um conjunto de normas e costumes que regem a escrita e sente que é socialmente condenável não se adequar a este grande consenso que transparece nos dicionários e nas gramáticas. Há quem diga que essa é uma tola preocupação com as aparências, mas os sábios há muito perceberam que as aparências têm muito mais importância do que se pensava. Cá entre nós: a não ser por razões muito especiais, ninguém quer escrever diferente do uso da maioria culta; bem pelo contrário, um texto correto e bem escrito nos deixa tão orgulhosos e confiantes quanto uma elegante roupa nova. Errar no papel é coisa séria: os textos que eu escrevo não se dissolvem no ar, como os sons da fala; podem ser guardados, arquivados, lidos e relidos indefinidamente – às vezes com olhos do bem, às vezes com olhos do mal. Daí o nosso cuidado.

A fala, no entanto, não tem essa existência duradoura (a não ser em registros gravados). Nosso aparelho fonador é um legítimo instrumento de sopro, e as notas que produzimos (os fonemas) duram o tempo fugaz de chegar aos nossos interlocutores. Ou, como disse muito melhor o bom Rafael Bluteau, nosso dicionarista do século XVIII, a palavra falada tem "o ar por corpo, a língua por mãe, e a boca por berço, mas com tão instantâneo descanso, que apenas nascida voa, e com tão breve vida, que logo nos ouvidos dos circunstantes se sepulta". Assim, sem a carne e o osso do papel, fica muito mais difícil comparar o uso das pessoas cultas para chegar a uma norma de **como dizer**. Se lembrarmos ainda que existem as variantes regionais de pronúncia, fica explicado por que temos uma norma ortográfica mas nunca teremos uma norma fonética. Os dicionários, as gramáticas, os professores, os usuários sabidos (e os que pensam que sabem...), todos apenas expressam **opiniões** – algumas certamente mais valiosas do que outras. Há questões centenárias: é **catéter** ou **cateter**? **Clítoris** ou **clitóris**? **Grelha** tem o /e/ aberto ou fechado? O plural de **caroço** é /caróços/? Há questões moderninhas: **xérox** ou **xerox**? **Récorde** ou **recorde**? **Subsídio** rima com **suicídio** ou com **presídio**? Os autores se dividem, argumentam, explicam, e cabe ao usuário decidir-se por uma ou por outra proposta. No entanto, meu caro leitor, fique sempre atento a um sinal muito importante: neste mundo movediço da língua falada, todo aquele que expressar sua opinião de uma forma autoritária e imperial ("não pode!"; "está errado!"; "é proibido!";

etc.) sabe pouco ou quase nada; fuja dele e do que ele escreveu, porque essa atitude revela que lhe falta o mínimo de formação em Linguística para entender o problema.

Outra coisa: nunca se esqueça de que a fala vem primeiro, a escrita vem depois, isto é, ela é uma tentativa de representar, com sinais gráficos, uma realidade sonora. Portanto, não caia naquela falácia conhecida de basear-se na **grafia** para concluir que uma palavra deve ser **pronunciada** assim ou assado. Um bom exemplo é **colmeia**: até 1990, a regra mandava acentuar todas as ocorrências do ditongo aberto **éi**, tanto nas oxítonas quanto nas paroxítonas. Ora, muitos gramáticos conservadores alegavam que a pronúncia desse /e/ devia ser fechada, pois, se fosse aberta, o vocábulo seria acentuado. O raciocínio é exatamente o inverso: a gramática que mandava escrever **colmeia** estava apenas indicando que, na opinião de seu autor, aquela vogal devia ser fechada; eu sempre escrevi esta palavra **com** acento, pois acredito que a pronúncia seja com a vogal aberta, como pude comprovar ao longo de toda a minha vida (com o novo **Acordo**, a única **grafia** possível é **colmeia**, mas a discussão quanto a sua **pronúncia** permanece). Em suma: escrevemos **rubrica** sem acento porque, na pronúncia, a sílaba tônica é /bri/; ridículo seria fazer o raciocínio inverso e afirmar que a sílaba tônica é /bri/ porque a palavra não tem acento na escrita.

Pronúncia dos encontros consonantais

> Duas jovens leitoras da Paraíba divergem quanto à pronúncia correta do nome **Ramsés**. Veja como devem ser pronunciados os encontros consonantais do Português.

*Mestre, tenho 13 anos e gosto muito de ler. Como devo pronunciar o nome do faraó **Ramsés**? É /ram–sés/ ou /rámi–sés/? Penso que o certo é da primeira forma e discuti com minha prima. Creio que da segunda forma parece pronúncia inglesa, não?*

Mariana – Campina Grande (PB)

Minha cara Mariana, as coisas não são tão simples quanto parecem. Sabe por que você e sua prima divergiram quanto a **Ramsés**? Porque aqui aparece aquele velho fantasma dos **encontros consonantais imperfeitos**. É um nome pouco empregado, hoje em dia (era usado pelos gramáticos de outrora), mas continua muito oportuno. Quando duas consoantes se encontram, ou formam um encontro consonantal **perfeito** (todo aquele cuja segunda consoante for "**r**" ou "l": **aBRaço, PLaca, PRova, TRova, aCLamar**, etc.), ou **imperfeito** (os demais: **aFTa, diGNo, PNeu, aDVogado, oBTurar**, etc. – geralmente em vocábulos de origem grega ou erudita).

Essa denominação de **perfeito** e **imperfeito**, claramente avaliativa, está ligada à facilidade ou à dificuldade de pronunciar esses encontros. Para podermos adequar os **imperfeitos** aos padrões fonológicos do Português, introduzimos, ao falar, uma vogal /i/ entre as duas consoantes, desmanchando assim o encontro e formando duas sílabas comuns: **aFTa** vira, na fala, /á-fi-ta/ (falando, tem o mesmo número de sílabas que **África**); **riTMo** vira /rí-ti-mo/; **PNeu** (ainda bem!) vira /pi-neu/. Não preciso dizer que essa vogal não se escreve; estou representando, entre as barras inclinadas, a maneira como **pronunciamos** esses vocábulos. Por causa dessa vogal extra, todas as palavras que têm encontros imperfeitos passam a ter, na fala, uma sílaba a mais que na escrita.

É claro que as pessoas mais cultas, ao usarem uma fala mais cuidada (**fala tensa**, como alguns chamam), tratam de manter o mais discreta possível essa vogalzinha. Eu pronuncio a segunda sílaba de /a-**di**-vo-ga-do/ com um /i/ mal e mal perceptível; muitos falantes, no entanto, carregam nesse fonema, e alguns, inclusive, tentam trocá-lo por /e/ (dizem algo assim como /a-DE-vo-ga-do/, erro típico dos pretensiosos de pouco estudo).

Sabe o que houve entre vocês duas? A pronúncia de ambas inclui esse pequeno /i/: o que você usa pode ser mais discreto, o dela pode ser mais aparente, **mas ambas o estão pronunciando**. Ambas estão dizendo /ra-**mi**-sés/, com **três sílabas**. O Inglês, sim, que admite sílaba fechada por consoante, pronuncia /ram-ses/. Espero ter solucionado o problema.

optar, indignar

"Eu me **indigno**" – a pronúncia do verbo é /**indiguina**/ ou /**ɪndɪguɪna**/'?

*Professor, tenho uma grande dúvida quanto ao verbo **optar**. Quando pergunto: "Vamos tomar um sorvete? Você **opta** por morango ou limão?", qual é a forma correta de pronunciar o verbo? É /ópta/ ou /opíta/? E a resposta seria: "Eu /ópito/ ou /opíto/ por limão"?*

Rose C.

Prezada Rose, quando pronunciamos os encontros consonantais chamados de **imperfeitos** (encontros de duas consoantes como **DV, PT, GN, TM, BT**, etc., como em **advogado, optar, digno, ritmo, obturar**), sempre intercalamos entre as duas consoantes um fonema vocálico (/i/), ficando mais ou menos assim a pronúncia: /adivogado/, /opitar/, /díguino/, /obiturar/. Já escrevi sobre isso no tópico anterior.

No caso do verbo **optar**, a conjugação é eu **opto** (/ópito/), tu **optas** (/ópitas/), etc. Note que essa vogalzinha de apoio, intrometida, nunca deverá ser pronunciada como se fosse **tônica** – o que daria /*opíto/. Foi exatamente assim que nasceu outra forma esquisita que, com a vitalidade da erva daninha, está se alastrando entre os falantes mais jovens: o famigerado /*indiguíno/, que já está contaminando /*resiguíno/. Uma pessoa preocupada com sua formação, como você, deve dizer "eu /ópito/", "eu me /indíguino/", "eu me /resíguino/".

recorde

*Professor, em todos os livros de Português, vejo a palavra **recorde** com a sílaba tônica assim: /reCORde/. Por que, então, nos telejornais (Globo, Record, Bandeirantes...) e em jornais de rádio, alguns conceituados como a Jovem Pan, além do Jô Soares, enfim... toda essa mídia, fala-se /REcorde/ (puxado com a fonética do inglês **record**)? Que salada! Por favor, qual, afinal, é a forma correta?*

Geraldo

Meu caro Geraldo, não existe a "forma correta". Se você considerar (como eu e a maioria dos que escrevem sobre nosso idioma) o vocábulo como **já aportuguesado**, você vai defender a grafia **recorde** e a pronúncia /reCORde/; se, no entanto, ainda o considerar um vocábulo estrangeiro, vai escrever *record* e pronunciar /REcord/, com a tônica no **re**. Tanto no *Houaiss* quanto no *Aurélio* já se encontra a forma nacionalizada **recorde**, sem acento (portanto, paroxítona), com o "**e**" epentético no final. A hesitação, no entanto, é natural: todos os vocábulos estrangeiros que entram no Português passam por um tempo de indefinição, em que as forças mais progressistas defendem a forma adaptada e as forças conservadoras se plantam ainda na forma tradicional, estrangeira.

Agora, por que tanta gente na mídia prefere a forma em Inglês, isso eu não sei responder não; posso apenas especular que deve se tratar de uma tentativa de soar chique, sofisticado. A vizinha da minha avó costumava dizer que ia ao /restorã/, quando falava no **restaurante**; seu marido, para combinar, só tomava /vermu/ (em vez de **vermute**) doce. Pode?

micrômetro

Caro mestre, sou engenheiro, consultor de pintura industrial, trabalhei durante muito tempo como *elaborador de normas técnicas brasileiras. A unidade de medida adotada para espessura de película de tinta é usualmente conhecida, no meio técnico, como **micrometro**, sem acento, correspondente à milionésima parte do **metro**, enquanto a palavra **micrômetro** serve para identificar o aparelho de medida. Pergunto se tudo isso faz sentido, e se existe alguma norma para o caso.*

Alfredo J. R.

Meu caro Alfredo: acho que há um equívoco aqui. A milionésima parte do metro é também **micrômetro**. Não se trata de um **micro metro**, mas de uma unidade com a mesma **prosódia** (leia-se: posição da sílaba tônica) das outras unidades da mesma espécie: **centímetro, decímetro, milímetro**, etc. O aparelho usado para medir também é **micrômetro**, da mesma forma que seus companheiros de função: **paquímetro, telêmetro, hodômetro**. Os dois vocábulos coincidiram; isso acontece. Agora, se no uso do pessoal técnico está começando a se criar uma diferença, então vamos esperar para ver. Se for funcional (minha intuição diz que não é), o sistema da língua vai incorporar a distinção.

nokia, nókia

> Como é que se pronuncia **Nokia**? E a **Hilux**, a nova camioneta da Toyota?

*Gostaria de saber a pronúncia correta da marca de telefone **Nokia**. Liguei para a minha operadora de celular e a atendente insistiu que o correto é /nókia/, enquanto defendi que fosse /nokía/. Ela informou que essa foi a instrução que recebeu no treinamento. Vem ainda a marca de camionete **Hilux**. Em revendas de autopeças a briga é grande; na concessionária Toyota o pessoal pronuncia /railux/, enquanto outros dizem simplesmente /rilux/. Sem mais, agradeço.*

André P. – Cuiabá (MT)

Meu caro André, você deve perceber que sua dúvida é sobre a pronúncia de nomes estrangeiros, o que vai muito além do alcance de um professor de Português como eu. No entanto, acho que posso fornecer alguns dados para meditação. Os nomes comerciais de outros países devem, em princípio, ser pronunciados do jeito deles. Sei que os finlandeses dizem /nókia/, e assim eu pronuncio. No entanto, é normal que um leitor brasileiro aí tente aplicar o padrão fonológico habitual para vocábulos com essa grafia, que leva à leitura instintiva /nokía/. O jeito é esperar, para ver qual delas será a preferida. No caso da **Texaco**, por exemplo, venceu no Brasil a pronúncia /techaco/, bem diferente da /teksakou/ dos americanos. Já nos produtos **Cashemere Bouquet**, tradicionais patrocinadores de novelas de rádio, a pronúncia vitoriosa foi a mesma proposta pelos fabricantes; apesar de exigir uma leitura à francesa, a divulgação via rádio do nome tornou fácil sua aceitação por todos: /caximir buquê/.

Claro que está fora de questão aplicar a esses nomes as nossas exigências de acentuação gráfica ou de emprego das letras. Com marca estrangeira, cada um lê como sabe (ou acha que sabe); não é, portanto, de espantar que haja divergências na pronúncia da nova **Hilux** da Toyota. Por falar nisso, como é que você pronuncia **Renault**? E **American Airlines**? E o "**air**" de **Air France**? E **Goodyear**? E quando você diz **Volkswagen**, o primeiro fonema que pronuncia é /f/ ou /v/? Pense sobre isso, e entenderá a minha mensagem.

O aberto ou fechado?

Veja como encontrar, no dicionário, uma informação que parece não estar lá.

*Caro Professor, qual é a pronúncia correta da palavra **isomorfo**? É /isomôrfo/ ou /isomórfo/? Sou* *professor de Matemática e, entre meus colegas, as duas formas de pronúncia são ouvidas. Aprendi a pronunciar /isomórfo/. Não encontrei nem no **Aurélio** nem no **Houaiss** a resposta para essa indagação.*

Aurélio S. – Curitiba (PR)

Prezado Aurélio, a informação está lá, sim, tanto no **Houaiss** quanto no **Aurélio**; você a viu, mas não se deu conta. É uma prática consagrada entre nossos dicionaristas, mas pouco conhecida pelos leitores, indicar, entre parênteses, quando a pronúncia for /ê/ ou /ô/ fechados; quando nada mencionam, é porque a pronúncia é /ó/ ou /é/. Dê uma olhada em **porta** ou **loja**, e depois em **moto** ou **corvo**, e você vai ver que as vogais abertas são tomadas como *default*. Por isso, a pronúncia para o seu vocábulo é /isomórfo/; se fosse /isomôrfo/, o verbete traria a indicação /ô/.

O dicionário do **Houaiss**, que tem uma sólida e generosa seção sobre a técnica lexicográfica utilizada, deixa isso bem explicitado na seção *Campo da ortoépia e da pronúncia*, que fica no "Detalhamento dos verbetes" (na versão eletrônica, está dentro da "Ajuda/Conhecendo o Dicionário"; na versão papel, está na página XIX). Entretanto, em certos casos de pronúncia duvidosa, o **Houaiss** indica também entre parênteses o /é/ aberto: é o caso de **besta** (/é/), arma de arremessar setas, e **lobo** (/ó/), parte do cérebro ou da orelha, que se confundem com os homógrafos **besta** e **lobo**. Esse zelo foi estendido também àquelas palavras em que se verifica uma insistente pronúncia equivocada por parte dos falantes; assumindo uma postura didática, o dicionário achou importante registrar, por exemplo, **cateter** (/tér/) e **ibero** (/bé/).

parámos

> Veja uma das diferenças entre o Português falado aqui e o falado em Portugal.

Prezado Professor, tive uma mestra de Português que iniciava suas aulas com a pergunta "Onde nós paramos?", que ela pronunciava /parámos/ – nesse caso, sua pronúncia era com a vogal aberta, diferente da usual. Existe uma explicação para isso?

Rodolfo K. – São Paulo (SP)

Meu caro Rodolfo, sim, há uma explicação: sua professora devia ser **cidadã portuguesa** (espero; se não, era tantã). No Português Europeu, o sistema flexional faz a nítida distinção (que nós, no Brasil, não temos) entre a 1ª pessoa do plural do **presente** e a do **pretérito perfeito**. Eles dizem (e escrevem) "Nós **compramos** tudo o que aparece" (presente) e "Nós **comprámos** todo o material na feira da semana passada" (pretérito). Essa possibilidade de distinguir entre os dois tempos do indicativo, aliás, é a mais notável das pouquíssimas diferenças entre o nosso sistema verbal e o dos nossos avós portugueses. Ela é tão significativa para o Português Europeu que o novo **Acordo** autoriza a manutenção daquele acento no "a" (**levámos**, **amámos**, etc.), desconhecido aqui no Brasil.

Pasárgada

> Um estudante de Letras quer saber como se pronuncia o nome dessa lendária cidade, cantada por Manuel Bandeira.

Caro Professor, venho pedir uma solução para uma velha dúvida: qual a pronúncia da palavra **Pasárgada***, que aparece no famoso poema de Manuel Bandeira? Gostaria de saber se o "s" tem som de /z/ ou de /s/, pois nem meus professores souberam responder.*

Marcelo Nunes, estudante de Letras.

Meu caro Marcelo, a pronúncia é /pazárgada/, ao contrário do que muita gente pensa. Na minha experiência, o fato de ser descrita, no poema, uma cidade fantástica, com uma sociedade e uma paisagem paradisíacas, favorece a errônea associação com **pássaro**, o que levaria à pronúncia equivocada /passárgada/.

Você deve saber que o Manuel Bandeira não inventou a cidade; trata-se da lendária cidade de Ciro, fundada quase quinhentos anos antes de Cristo para ser a capital do Império Persa. Suas ruínas ainda podem ser visitadas, no Irã, a aproximadamente uns setenta quilômetros da não menos famosa Persépolis. A História imortalizou a grandeza de Pasárgada, com seus imensos monumentos espalhados por belos terraços e verdes jardins.

Não raras vezes, fãs desse poema (da poesia moderna brasileira, um de meus preferidos), quando informados sobre a verdadeira origem desse nome, declararam seu mais absoluto desapontamento; um deles, um estrangeiro extremamente culto, chegou a me acusar, amigavelmente, de ter destruído uma linda imagem que o poema lhe evocava, de uma cidade tropical, com palmeiras verdejantes e pássaros em profusão (talvez ele estivesse, sem perceber, sob a influência da maravilhosa **Canção do Exílio**, do Gonçalves Dias...).

De qualquer forma, há um testemunho incontestável: o próprio Manuel Bandeira chegou a gravar em disco o poema, deixando definida, com sua própria voz, a pronúncia /pazárgada/. Quem tiver curiosidade, pode ouvir sua interpretação em "http://www.cultura-brasil.pro.br/bandeira.htm", autêntica até nos chiados do velho disco de vinil. Uma última observação: professores do curso de Letras não poderiam desconhecer o que acabo de explicar.

pronúncia de BMW

Um leitor de São Paulo queria saber como se deve ler a marca alemã **BMW**: é /bê-êmê-dáblio/ ou /bê-êmê-vê/? Eu prefiro a primeira forma, baseado no que escrevi em **o nome do Y e do W**. Afinal, é o nosso hábito ignorar a origem das siglas estrangeiras e atribuir-lhes uma leitura genuinamente nacional. Já falei nisso alhures, a propósito de **CD** (*Compact Disc*) e de **LP** (*Long Playing*), que entraram aqui pronunciadas como qualquer vocábulo nosso – /cedê/ e /elepê/ – e não /cidi/ ou /elpi/, como soam no Inglês.

Sei, no entanto, que muitos se opõem a essa pronúncia à brasileira, sustentando que a pronúncia deve seguir o Alemão, idioma nativo desta marca de carro: /bê-em-vê/. Os partidários dessa corrente citam o exemplo do simpático **DKW**, carro dos anos 60, que a maioria chamava de /dê-cá-vê/, e não /dê-cá-dáblio/. Admito que o exemplo é procedente; aliás, sempre me dispus a aceitar a mesma coisa também para o **BMW**. No entanto, contesto que as pessoas que dizem /bê-eme-vê/ o façam por fidelidade à língua alemã. Em primeiro lugar, leem o **M** como /eme/, não como /em/; em segundo lugar (e muito mais importante!), não usam aqui o nome da letra no Português ("dáblio") pela simples razão, que só agora me ocorreu, de que lemos o **W** de todas as siglas como /vê/: **WC**, para *water closet*, deveria ser lido /dâbliu-ci/, seguindo o Inglês, ou /dáblio-cê/, seguindo o Português, mas aqui é /vê-cê/ mesmo; **WO**, para *walkover* (no Inglês, uma corrida em que só há um cavalo inscrito e que só tem de cumprir a formalidade de caminhar pela pista, até ultrapassar a linha de chegada), deveria ser lido /dâbliu-ou/ ou /dáblio-ó/, mas aqui é /vê-ó/ mesmo. Ou seja: o nosso uso não segue exatamente o que a lógica indicaria, e sabemos que, em confrontos desse tipo, o uso é sempre soberano. Eu continuo pronunciando o nome de cada letra, em Português (/bê-eme-dáblio/), mas começo a sentir que essa não é a música que a maioria está dançando. Sou obrigado a admitir que a leitura /bê-eme-vê/, longe de ser estrangeira, também tem raiz nos hábitos e costumes de nosso idioma e, pelo que conheço de Linguística, vai terminar suplantando a outra, que é mais lógica do que intuitiva.

a pronúncia do X

*Professor, minha pergunta é sobre a palavra **inexorável**. A pronúncia correta da letra **X**, nesse caso, seria com som de /z/ ou de /cs/?*

Leonardo Alexandre

Meu caro Leonardo: você quer a pronúncia **correta**? Só posso dar a pronúncia **aconselhável** (ou **preferível**), porque nem tudo é sólido quando entramos no mundo dos sons. Podemos julgar isso por um simples detalhe: a correta maneira de pronunciar os sons da língua é chamada de **ortoepia** (do Grego *orthos*, "correto", e *epos*, "palavra") – vocábulo cuja pronúncia é controvertida, já que não poucos estudiosos preferem **ortoépia**. Ou seja: há controvérsia sobre a **pronúncia correta** da palavra que significa "pronúncia correta". Deu para sentir?

É por esse motivo que procuramos, em dúvidas como a sua, ouvir a opinião de autoridades de reconhecida ciência e comprovado bom senso (é bom acrescentar aí uma pitada de bom gosto...). Quatro dos meus guias – **Houaiss**, **Aurélio**, **Celso Pedro Luft** e **Antenor Nascentes** – recomendam que o **X** de **inexorável** seja pronunciado como /z/, e não como /cs/ ou /cz/, como se pode ouvir às vezes. Olha, quando os quatro concordam, acho melhor segui-los respeitosamente.

P. S.: A propósito de pronúncia, o pouco lembrado **Dicionário da Academia Brasileira de Letras**, em quatro volumes, de autoria de Antenor Nascentes, é o único dicionário respeitável que traz, ao lado de cada vocábulo, a pronúncia que o autor sugere, indicada por meio de uma **transcrição fonética** simplificada.

/fécha/ ou /fêcha/?

*Nunca saiu da minha cabeça uma dúvida: minha antiga professora de Português, na frase "fecha a porta", pronunciava o verbo com o som do **E** fechado, pois dizia que assim é a conjugação do verbo **fechar**. Está errado dizer **fecha** com o **E** aberto, rimando com **mecha**?*

Júnia – Porto Alegre (RS)

Minha cara Júnia, confesso que eu também digo /fêcha/ a porta. É um cacoete dos professores de Português: a gramática tradicional recomenda assim, e nenhum de nós quer ser apanhado falando de outro jeito. Acho que é uma daquelas recomendações que já perderam o sentido, visto que todo o mundo diz /fécha/. Eu, por dever de ofício (aliado a uma pitada de covardia), obrigo-me a conjugar o verbo **fechar** assim: /fêcho/, /fêchas/, /fêcha/, etc. No entanto, não corrijo meus alunos quando preferem a pronúncia com o **E** aberto. Lembre-se de que não existem **regras** sobre a pronúncia; apenas **recomendações**. Ao contrário da grafia, que segue uma norma específica (e olhe lá!), a **pronúncia** é uma área de grande diversidade regional. Neste imenso país que é o Brasil, uns assam na /grêlha/, outros na /grélha/; uns comem /quibébe/, outros /quibêbe/; uns metem o pé na /pôça/, outros na /póça/. É natural, portanto, que uns /fêchem/ e outros /féchem/ as portas.

P.S.: Não preciso dizer que as barras inclinadas indicam que estamos tratando da **pronúncia** desses vocábulos, e não de sua **grafia**.

xerox

A pronúncia de um vocábulo pode obedecer a um determinado estágio da evolução de uma língua.

*Eu sempre disse xe**ROX** (com a tônica na última sílaba), mas aqui no Tribunal já me corrigiram várias vezes para **XÉ**rox. Afinal, qual é a forma correta? Leva ou não leva acento?*

"Secretária" – Londrina (PR)

É sempre mais complicado definir a forma correta de **pronunciar** uma palavra, minha cara Secretária. As pessoas sentem-se mais seguras no que se refere à escrita, porque esta, por sua própria função de registro, é mais estável – sem contar que existe, no Brasil, uma lei que (mal ou bem) ajuda a fixar uma grafia uniforme. Afinal, sempre podemos consultar o **vocabulário ortográfico** – um dicionário em que as palavras não são **definidas**, mas simplesmente relacionadas, numa grande lista, com a forma que a Academia considera correta. No que se refere à pronúncia, contudo, o falante precisa basear-se no exemplo das pessoas cultas e na opinião dos gramáticos e dos dicionaristas (faço questão de frisar: a pronúncia que um dicionário indica para uma determinada palavra representa apenas a opinião de seu autor; é uma opinião especializada, mas é uma opinião).

Entretanto, se examinar com cuidado as palavras e as frases de uma língua, um especialista em Fonologia pode ir além da simples opinião e estabelecer alguns fatos concretos sobre a organização intrínseca dos sons que a compõem – e, o que me parece mais importante, identificar quais são as tendências que essa língua apresenta no momento. Por exemplo, no caso do **xerox**, posso apontar uma tendência mais ou menos nítida, a partir dos anos 50, para os vocábulos terminados em **X** (na fala, algo como /cs/): até a primeira metade do século XX, eram unanimemente paroxítonos, isto é, com a tônica na penúltima, e com um indisfarçável caráter erudito. No *Aurélio*, entre outros, encontrei **tórax, bórax, clímax, córtex, látex, sílex, cóccix, fênix, ônix**.

De 1950 para cá, todavia, o modelo parece ter-se deslocado nitidamente: as palavras novas que entraram no Português desde então foram recebendo a tônica na sílaba final: **durex, inox, pirex, gumex, telex, jontex, relax, prafrentex, redox**. Não importa que muitas ainda sejam, ou tenham sido, nomes comerciais: os falantes dão-lhes instintivamente o padrão que a língua está usando neste momento para palavras com este perfil. Não tenho a menor dúvida de que todas as próximas que virão (e as palavras não param nunca de ingressar no nosso léxico) seguirão este padrão.

Como é que eu arrisco a data dos anos 50? Bem, aqui temos apenas mais uma confirmação de que a verdadeira análise linguística precisa levar em consideração o componente cultural e histórico da língua que está estudando. O **pirex** e o **inox**, por exemplo, apontam para o final da Segunda Guerra, como subprodutos do avanço tecnológico que o esforço bélico produziu. A eles eu acrescento um vocábulo que omiti nas relações acima: **dúplex**, o avô de nossas coberturas, em que um apartamento é ligado ao de cima por uma escada interna (naquela época, um dos símbolos de *status* da classe poderosa de Rio e São Paulo; alguns chegavam ao **clímax** ao adquirirem um **tríplex**). Ora, **dúplex** é uma palavra muito antiga, usada como sinônimo de **dúplice** ("convento **dúplex** – convento para frades e freiras", ensina Antenor Nascentes), portadora daquela nítida aura de palavra erudita e alatinada. Ao passar a denominar esse tipo de apartamento (que assim se chama até hoje), o vocábulo entrou verdadeiramente na corrente sanguínea do Português e tomou a forma **duPLEX**. O *Aurélio*, com honestidade, registra, no verbete **dúplex**: "Pronuncia-se correntemente como oxítono".

O **xerox** é recente, como o **telex**, e não vejo por que não seria pronunciado dessa forma. O *Houaiss* indica as duas – **xerox** e **xérox** –, dando preferência à primeira, enquanto o *Aurélio*, que também registra as duas, dá preferência à segunda. Isso está coerente com a orientação deste dicionário, que é excelente em muitos aspectos, mas nitidamente atrasado em sua orientação fonológica. A pronúncia **xérox** representaria uma volta ao molde que a própria língua já abandonou (que levaria a algo como *****télex**, *****dúrex**, *****pírex**). Por outro lado, entre as pessoas que dizem **xérox**, suspeito que algumas o façam numa tentativa equivocada de manter a pronúncia estrangeira, com todo aquele prestígio que o Inglês dá aos vocábulos tecnológicos; se for por isso, deram com os burros n'água, já que no Inglês a palavra soa /zírocs/, com a tônica no /zi/ e o /o/ bem aberto, como em **vovó**.

transar, obséquio e subsídio

> Por que há certos vocábulos em que as regras de pronúncia da letra **S** parecem estar sendo desconsideradas?

Diferentes leitores escrevem sobre diferentes vocábulos, mas todos envolvendo o mesmo problema: a pronúncia da letra **S**. René, de São Paulo, implica com a grafia de **transar**: "Meu caro Mestre: a grafia não deveria ser **tranzar**? Aprendi, desde minha alfabetização, já faz muitos anos, que a letra **S** só tem o som de /z/ quando está **entre vogais**. Ora, se vejo escrita a palavra **transar** e escuto na TV falarem /tranzar/, alguma coisa deve estar errada".

A leitora Gisele F., por sua vez, estranha a pronúncia de **obséquio**: "Professor, por que o **S** de **obséquio** é pronunciado como um /z/?"

Por último, Ezequiel G., do Rio de Janeiro, quer saber como deve pronunciar **subsídio**: "Prezado Professor, gostaria que esclarecesse a minha dúvida a respeito da pronúncia da palavra **subsídio**. O **S** tem som de /z/ ou de /s/?".

Meus caros amigos, é um princípio geral de nosso sistema ortográfico que o **S** depois de consoante tenha sempre o som de /s/: **observar**, **subsolo**, **absoluto**, **imprensa**, **denso**, **lapso**. Nessa posição, o **S** só vai ter o som de /z/ em **obséquio** (e derivados) e nos vocábulos formados com **trans-**: **transa, transação, transacionar, transalpino, transandino, transamazônico, transatlântico, transoceânico, transe, transeunte, trânsito, transigir, transição, transistor**. Notem que isso só **não** acontece quando o vocábulo originário começa por /s/: **transaariano** (trans + Saara), **transecção**, (trans + secção), **transecular**, (trans + secular), **transexual** (trans + sexual) – em todos estes fica mantida a pronúncia /s/.

Por que **obséquio** e **transar** se afastam do princípio geral? Podemos descobrir aqui a influência de alguns fatores fonológicos, mas o problema ainda permanece obscuro. Digamos que são idiossincrasias de nosso idioma; cada língua tem as suas manias (o Inglês tem muitas, o Português quase nada – por incrível que possa parecer ao observador leigo).

Afora esses dois casos, há outros que começam pouco a pouco a despontar, embora ainda sejam repelidos pela fala culta. O primeiro é **subsídio**. A pronúncia do **S** em **subsolo, subsequente, subserviente, subsistema** aponta para a pronúncia /subcídio/, /subcidiar/. É assim que as gramáticas e os dicionários recomendam, e assim devemos usar na fala cuidada, consciente, de banho tomado e de cabelo penteado. É impossível negar, contudo, que a tendência natural dos falantes é dizer /subzídio/. Eu diria que 95% das pessoas que usam o vocábulo preferem o som de /z/, e isso é **muito** significativo, não pela força da estatística, mas porque revela a atuação de alguma força concreta e irresistível. Será a mesma que leva os falantes (eu, inclusive) a pronunciar como /z/ o **S** de **subsistência**, **subsistir**, contrariando a lição do próprio Aurélio, que recomenda a pronúncia /subcistência/, /subcistir/, rimando com **assistência** e **assistir**? Ou aqui é apenas um caso isolado, que sofre a influência de **existência**, **existir**? Não sei dizer, mas mantenho o ouvido atento; o futuro vai nos mostrar qual é a tendência da língua.

os sons do X

Uma professora veio em busca de nove sons para a letra **X**, mas acabou levando apenas cinco.

*Olá, Professor, conheço **cinco** sons diferentes para o **X**, mas fiquei sabendo que são **nove**. Seria possível alguma orientação a respeito?*

Marta T., professora

Prezada Marta, sua pergunta tem uma pequena imprecisão inicial, que vou eliminar por minha conta e risco: quando você menciona "os sons do X", imagino que se trate da relação entre a **letra X** e os **fonemas** que ela pode representar, em nosso sistema ortográfico (estamos dentro da **Fonologia**). Por ser técnica demais, exclusiva dos cursos de pós-graduação, estou deixando de lado a hipótese de que você estaria pedindo informações sobre as várias maneiras que temos de pronunciar o /x/ (estaríamos dentro da **Fonética**).

Pois bem: a letra **X** pode ter **cinco** valores diferentes (se considerarmos os casos em que ela é **muda**):

(1) representa duas consoantes (/ks/): **sexo, conexão, maxilar**;

(2) representa a consoante /s/: **máximo, auxílio, próximo**;

(3) representa a consoante /z/: **exato, exame, êxito**;

(4) representa a consoante /x/: **abacaxi, paixão, xarope**;

(5) tem apenas valor etimológico; não representa fonema algum: **exsudação** (/eçudação/), **exceção** (/eceção/), **exsicar** (/ecicar/).

Lembre que o fonema /s/ **final** tem diferentes maneiras de ser realizado **foneticamente**, dependendo da região do Brasil a que pertença o falante; isso fica mais do que evidente quando comparamos a maneira como um gaúcho e um carioca pronunciam vocábulos como **dois** ou **vocês** – enquanto um sibila, o outro chia. Ora, é natural, portanto, que este fonema /s/ final, quando estiver representado pela letra **X** – como em **cóccix** ou no prefixo **ex-**, que já virou substantivo para designar o companheiro, namorado ou cônjuge anterior –, apresente as mesmas diferenças regionais de pronúncia, sem que isso signifique novos valores para a letra **X**, já que o fonema continua sendo o mesmo.

Não é nada simples essa diferença entre **Fonética** e **Fonologia**, mas você pode ter certeza de que a base do sistema ortográfico é a **Fonologia**. Um foneticista vai distinguir diversas maneiras de pronunciar o /r/ inicial de **rato**. Para um fonólogo, no entanto, não passam de variantes do mesmo fonema; da mesma forma, para mim e para você – os usuários do idioma – não importam essas variantes na pronúncia, porque todos vamos representar esse som pela letra **R**. Faço esse comentário porque fiquei preocupado com a afirmativa de que seriam **nove** os valores do **X**, quando, na verdade, são apenas **cinco**.

pronúncia de **Roraima**

Caríssimo Doutor, sou um apaixonado pela língua portuguesa e, de fato, sempre fui um ótimo aluno na disciplina. Porém, reconheço que praticamente nada sei e que muito tenho a aprender. Gostaria de saber se existe uma forma correta de pronunciar nomes *como **Jaime**, **Janaína** ou **Roraima** – isto é, se a primeira sílaba deve soar como /ja/ ou como /jã/. Certo de que receberei sua atenção, desde já agradeço.*

Pedro da Gama – Porto Alegre (RS)

Meu caro Pedro, não existe regra sobre a pronúncia do Português, o que, aliás, facilmente se explica: na evolução da espécie humana, a fala precede, em centenas de milhares de anos, a escrita. Esta sim, por ser uma simples convenção entre as pessoas que a utilizam, pode ser objeto de um sistema de regras (o qual, no Brasil, já foi modificado várias vezes). A Fonologia e a Fonética estudam "**como**" as pessoas falam, descrevendo os fenômenos com a mesma imparcialidade que a Biologia tenta descrever as formas de vida. Por isso, assim como não se pode falar de **certo** e **errado** na Natureza, não existe uma forma de determinar o que é certo ou errado na pronúncia (como algumas sumidades andam fazendo por aí, exatamente por lhes faltar um maior embasamento linguístico). Posso, isso sim, apontar **diferenças regionais** de pronúncia (um bom exemplo é o /s/ final no Rio Grande do Sul e no Rio de Janeiro, completamente diferentes), ou comparar pronúncias que são **sociolinguisticamente condicionadas** (fala popular x fala culta, fala infantil x fala adulta, etc.).

No caso específico da sua pergunta, Pedro, há duas maneiras de pronunciar aquele **A** antes de nasal:

eu digo /câma/, /jâime/ e /rorâima/, mas /jánaína/ e /bánana/. Caetano Veloso diz /bânana/, e não sei como pronuncia **Roraima** ou **Jaime**. O pessoal da Rede Globo gosta muito de /roráima/ e de /jáime/. Lembro que essa variação é muito mais comum do que se pensa; um leitor sergipano ficou espantado quando eu disse que o **O**, apesar de ser aberto em **porta**, fechava nos seus derivados (**porteiro**, **portaria**, **portal**, etc.): para ele e seus amigos, a prática é dizer /pôrteiro/, mas /pórtal/ e /pórtaria/!

Por isso, cada um de nós escolhe a maneira de falar; isso vai nos identificar tanto quanto a roupa que preferimos vestir ou a comida com que procuramos nos alimentar. Eu sou gaúcho, e tento falar, vestir o comer como gaúcho – mas é apenas uma questão de escolha pessoal.

Curtas

outrem

*Caro professor Moreno, gostaria que esclarecesse qual é a pronúncia correta da palavra **outrem**: /ôutrem/ ou /outrém/? Pode justificar as razões de sua opinião? Pessoalmente acho que é a segunda forma a correta. Estou certo?*

Luiz Antonio M. – Campinas

Sinto dizer, meu caro Luiz, mas você **não** está certo; a pronúncia realmente é /ôutrem/. Se **outrem** fosse oxítona, como você afirma, teria acento na última sílaba, como **ninguém** ou **porém**. Agora, por que é assim? Não há porquês para a prosódia (a correta posição da sílaba tônica dos vocábulos); ela vai se fixando ao longo dos séculos, ao sabor deste plebiscito silencioso de que participam todos os falantes.

pronúncia de **ruim**

> Gabriel, de Maringá, gostaria de saber se **ruim** deve ser pronunciado tônico no /**ru**/ ou no /**im**/, ou se não há regras para isso.

Meu caro Gabriel, não existem regras para a **pronúncia**, você sabe. O que temos são costumes tradicionalmente aceitos pela maioria dos falantes cultos – e isso se torna uma espécie de norma não-escrita. A forma elegante de pronunciar esse vocábulo é com **duas sílabas** (é um hiato), sendo tônico o "**i**": /ru-ím/. Contudo, na fala não-tensa, grande parte dos brasileiros (eu me incluo nesse grupo) pronuncia **ruim** como um monossílabo, com o **U** tônico (/rúim/).

pronúncia de **persuasão**

> Daniella M., de Camboriú (SC), quer saber a pronúncia correta da palavra **persuasão**.

Minha cara Daniela, não vejo onde pode estar sua dúvida. Pronuncia a primeira parte (**persu-**) como **persa**; na parte restante, (**-asão**) o S está entre duas vogais e tem, consequentemente, o som de /z/: /perçuazão/. Abraço.

mas, mais

> Manoel Alves de Castilho, do Rio de Janeiro, gostaria de saber como devemos usar corretamente as palavras **mas** e **mais**, porque, diz ele, muita gente boa tem dúvidas quanto ao uso delas.

Meu caro Manoel, essa confusão só se dá, basicamente, no falar carioca, em que a conjunção **mas** é pronunciada algo assim como /maix/. No Rio Grande do Sul, por exemplo, onde se fala /más/, ela se distingue perfeitamente do **mais**. No seu caso, o remédio é lembrar sempre que você só pode escrever **mais** onde poderia escrever **menos**, que é o seu antônimo: "Ela não veio, **mas** mandou um recado" (não cabe **menos**); "ela corre **mais** que a irmã" (aqui sim). É o que posso dizer para ajudá-lo.

alfabeto fonético

> A leitora Larcy, de São Paulo, quer saber mais sobre aquelas "letras estranhas" que nos ensinam a dizer corretamente cada palavra, no dicionário Inglês-Português. Gostaria de saber se aquilo é um código universal ou uma espécie de **alfabeto fonético**. "Se for universal, será fácil ler uma palavra em qualquer idioma ..."

Minha cara Larcy, muitos dicionários indicam a pronúncia usando o ***Alfabeto Fonético Internacional***, um conjunto de símbolos utilizados pelos linguistas para descrever todos os sons que ocorrem em todas as línguas do mundo (mesmo as mais exóticas – indígenas, orientais, etc.). Eu, particularmente, não gosto dessa prática, porque os sinais são desconhecidos da maioria dos leitores e terminam não ajudando em nada. Outros dicionários, mais espertos, usam um conjunto adaptado de símbolos, mantendo sempre à vista de seu leitor uma tabela de comparações ("a" como em **vale**; "o" como em **bola**; "o" como em **cor**; etc.). O ***American Heritage***, por exemplo (que eu uso na versão eletrônica), faz isso com bom resultado.

Sobre o autor

Cláudio Primo Alves Moreno nasceu em Rio Grande, RS, em 1946, filho de Joaquim Alves Moreno e Anália Primo Alves Moreno. É casado e pai de sete filhos. É membro da Academia Rio-Grandense de Letras e da Academia Brasileira de Filologia.

Fez sua formação básica no Colégio de Aplicação da UFRGS. Na mesma Universidade, licenciou-se em Letras em 1969, com habilitação de Língua Portuguesa, Literaturas de Língua Portuguesa, Língua e Literatura Grega. Em 1977, concluiu o Curso de Mestrado em Língua Portuguesa da UFRGS, com a dissertação "Os diminutivos em –inho e –zinho e a delimitação do vocábulo nominal no Português", sob a orientação de Albio de Bem Veiga. Em 1997, obteve o título de Doutor em Letras pela PUCRS, com a tese "Morfologia Nominal do Português", sob orientação de Leda Bisol. Do jardim-de-infância à universidade, estudou toda sua vida em escolas públicas e gratuitas, razão pela qual, sentindo-se em dívida para com aqueles que indiretamente custearam sua educação, resolveu, como uma pequena retribuição por aquilo que recebeu, criar e manter o site Sua Língua, dedicado a questões de nosso idioma (www.sualingua.com.br).

Em Porto Alegre, lecionou no Colégio Israelita Brasileiro, no Instituto João XXIII e no Colégio Anchieta e supervisionou a criação do Colégio Leonardo da Vinci. Ingressou como docente no Departamento de Letras Clássicas e Vernáculas do Instituto de Letras da UFRGS em 1972, aposentando-se em 1996. Na UFRGS, foi responsável por várias disciplinas nos cursos de Licenciatura de Letras e Comunicação, assim como pela disciplina de Redação de Tese dos cursos de pós-graduação de Medicina. Na PUCRS, ministrou aulas de Língua Portuguesa no curso de Ciências Jurídicas e Sociais. Na Universidade Estácio de Sá, do Rio de Janeiro, lecionou no programa de Teleaulas de Língua Portuguesa.

Na imprensa, assinou uma coluna mensal sobre etimologia na revista *Mundo Estranho*, da Abril, e escreve regularmente no jornal *Zero Hora*, de Porto Alegre, onde publica quinzenalmente, há duas décadas, uma seção sobre etimologia, filologia e questões de linguagem.

Publicou, em coautoria, livros sobre a área da redação – *Redação técnica* (Formação), *Curso básico de redação* (Ática) e *Português para convencer* (Ática). Sobre gramática, publicou o *Guia prático do Português correto* pela L&PM, em quatro volumes: *Ortografia* (2003), *Morfologia* (2004), *Sintaxe* (2005) e *Pontuação* (2010). Pela mesma editora, lançou *O prazer das palavras* – v. 1 (2007), v. 2 (2008) e v. 3 (2013) – com artigos sobre etimologia e curiosidades da língua portuguesa. Além disso, é o autor do romance *A guerra de Troia* (lançado em 2004 como *Troia*) e de três livros de crônicas sobre a cultura do Mundo Clássico: *Um rio que vem da Grécia*, em 2004; *100 lições para viver melhor*, em 2008 (Prêmio Açorianos 2009); e *Noites gregas*, em 2015 (Prêmio AGE 2016), todos pela L&PM Editores.

Contato: cmoreno.br@gmail.com

lepmeditores
www.lpm.com.br
o site que conta tudo

IMPRESSÃO:

PALLOTTI
GRÁFICA

Santa Maria - RS | Fone: (55) 3220.4500
www.graficapallotti.com.br